時空管理局 01

TIMELINE RESTART

孤泣作品

BY LWOAVIE RAY

U0134394

讓世界不改變。」
——時空管理局
TIMELINE RESTART

「我們改變世界，

CONTENTS

CHAPTER00000 - 序章

2023年。

晚上，八仙嶺郊野公園，鹿頸公廁。

本來已經人煙稀少，現在是深夜，更是水淨鵝飛。

公廁的光線昏暗，光管在一閃一閃，四周就如鬧鬼現場，靜得只聽到水滴的聲音。

不過，今晚卻來了四個人。

「三位大哥！條數我下星期有了！」他雙手合十：「給我多一星期時間！」

「上星期你也是這樣說！」三個男人中間的一位背心男說。

「大哥，看來他想一直拖數！」另一個矮嘍囉說。

「對！之後著草，我們再找不到他！」高嘍囉說。

「我才不會走數！」他跪在地上：「求求你！再寬容多幾日！」

「要我寬容你？」背心男奸笑。

「對！下星期就有錢還！」他說。

「給你多一星期沒問題……」背心男指著廁格：「不過，先來一場表演給我看！哈哈！」

「大哥，收到！」

兩個嘍囉一左一右把男人拉起！

「你們……你們想做什麼？」他大叫。

嘍囉合作把他拉入廁格，他跪在坐式馬桶前。渠管淤塞的關係，泥黃色的污水與糞便浮在馬桶上，傳來噁心的臭味！

「把他的頭塞入去！」背心男大叫。

「不要！不要！」他用力後彎腰，想遠離又臭又髒的馬桶。

「只要你把頭塞入馬桶！我就多寬限你一星期！哈哈哈！」背心男說。

「快去食屎！」嘍囉高興地大叫：「食屎狗！」

兩個嘍囉合力壓著他的頭，他根本沒法抵抗，他的臉愈來愈接近惡臭的馬桶，眼見那浮起的糞便就在眼前……

被塞進馬桶的最後一秒前，他吸了一口大氣，然後閉氣！

男人整個頭被塞入馬桶之內！

尿水、尿水……水花四濺，何其壯觀！

他不斷痛苦地掙扎！也許，世界上沒幾個人「品嚐」過這噁心的滋味！

「哈哈哈！媽的！玩屎玩尿最好玩！好玩！」背心男拿出了手機：「一定要拍片放上網！讓其他人知道欠我錢的下場！」

就在他按下拍攝鍵之時……突然！

手機的畫面，只有兩個嘍囉在馬桶兩旁！

三個男人也呆了！

「發……發生什麼事？」高嘍囉看著自己的雙手。

「我……也不知道？」矮嘍囉兩手空空。

「人呢？」背心男問。

那個被塞進馬桶的男人……突然消失！

「你們……沒有捉住他嗎？」背心男吞下了口水。

「有！剛才你也見到的！」矮嘍囉說。

「對！他……突然就消失了……」高嘍囉說。

他們三個男人你眼望我眼，然後一起大叫……

「鬼呀！！！」

他們衝出公廁慌忙逃走！沒再理會濺到自己身上的屎水尿水！

畫面回到昏暗的公廁……

上方的光管在閃著，依然是只有滴水的聲音，公廁本來還餘下一個人，不過他……憑空消失了。

是鬼？是神？是什麼生物？是什麼東西？

他究竟為何會消失？

消失後他又去了哪裡？

這將會是一個……

詭異故事的開始。

《你主宰著誰的命運？還是誰在主宰你的命運？》

CHAPTER00000 - 序章 II

1762年，巴伐利亞王國薩爾斯堡。

二樓傳來了悅耳的音樂，他正彈奏著一首自己所寫的小步舞曲ＫＶ．１。

在他家門前的大樹下，有一個人正坐著，聽著二樓傳來的琴聲。

「六歲。」樹下的人自言自語：「為什麼一個六歲的小孩，能夠創作這麼悅耳的音樂？」

穿著奇裝異服的他，一面吃著手上的漢堡包，一面聽著輕快的鋼琴聲。

本來，一面吃一面聽音樂是沒問題的，問題是漢堡包在１９０１年美國康涅狄格州紐黑文市的路易斯餐廳才發明，現在，早了一百三十九年在薩爾斯堡出現。

這個坐在樹下的男人，究竟是誰？

十分鐘後，一個六歲的小孩悶悶不樂地走出了房子，他看到樹下的男人。

「過來。」男人揮揮手，手上拿著一樣東西：「有樣東西送給你。」

男孩非常好奇，走向了他。

「這是什麼東西？」男孩拿過了他手上像雞蛋形狀的東西。

「這叫Tamagotchi。」男人笑說：「嘿，不過已經沒電，沒法養雞仔了。」

更奇怪了，他媽歌池是在1996年在日本推出，現在是1762年，根本沒可能出現這種電子寵物。

「為什麼你會愁眉苦臉？」男人問。

「因為我父親不滿意我的作品。」他低下頭說：「他說我不按照主流方式作曲，所以不算是音樂。」

「就是你剛才彈的歌曲？」男人問。

小孩點頭。

男人在想，他父親是不是有問題？一個六歲的小孩能夠作出這種小步舞曲，已經是非常難得，甚至可以說是天才。

「你知道嗎？你並不需要跟隨主流。創造出新的事物，人類才會進步。」他跟小男孩說：「雖然你父親是影響你最深的人，不過，別要放棄你的創新想法，你要堅持自己的音樂，總有一天，你會是世界上最傑出的音樂家。」

「我可以成為傑出的音樂家？」男孩問。

男人拍拍他頭上洛可可（Rococo）風格的金白色假髮：「放心吧，你一定會成為影響後世人的偉大音樂家！」

男孩愉快地微笑。

「記得，無論未來你遇上什麼困難，你要回想起我這一句說話。」男人認真地說：「世人笑我太瘋癲，我笑他人看不穿。」

男孩似懂非懂地點點頭。

這句是唐寅（唐伯虎）七言古詩《桃花庵歌》的其中一句，而唐伯虎生於1470年的蘇州府吳趨里。

現在，竟然有人來到了十八世紀的巴伐利亞王國，用男孩懂得的語言，說出了接近三百年前中國詩人的古詩來鼓勵他。

究竟發生了什麼事？

「好了，我要走了。」他看看手臂上出現的資料：「我要去另一個地方，把另一個音樂家弄聾。」

「為什麼要弄聾音樂家？」小男孩好奇地問：「耳朵對音樂家來說很重要啊！」

「因為如果他沒有失聰，就沒有《第九交響曲》等等傳頌後世的偉大作品。」男人笑說，然後跟男孩道別。

男孩不太明白他說什麼，不過也禮貌地跟男人道別，然後離開。

男人看著他小小的背影。

他並沒有告訴這個小男孩，他要弄聾的音樂家，就是比男孩少十四歲，另一個還未出世的大人物。

「可惜，你只能活到三十五歲呢。」男人帶點無奈的眼神，看著男孩離開了他的視線：「再見了，我的小阿瑪迪斯。」

再見了，*沃夫岡．阿瑪迪斯．莫札特（Wolfgang Amadeus Mozart）。

他再次看著手臂上浮起的立體畫面。

畫面上寫著……

「鼓勵小時候的莫札特，D級任務，完成」。

「完成了，這次真簡單，好，下一個目的地是……維也納。」

「我來了，另一位偉大音樂家*路德維希．范．貝多芬（Ludwig van Beethoven）。」他看著天上的白雲：「對不起，我要把你弄聾了。」

他向著太陽的方向離開，在他那奇裝異服的外套背後，寫著一個名稱。

「時空管理局」（TimeLine Restart）。

然後，他消失於空氣之中。

……

…

．

《時空管理局》，一個有關歷史與時空的故事。

從現在開始，正式揭開「時空管理局」的面紗。

《就因前一秒的決定，影響下一秒的生命。》

＊沃夫岡·阿瑪迪斯·莫札特（Wolfgang Amadeus Mozart），生於1756年1月27日，1791年12月5日逝世，享年35歲。

＊路德維希·范·貝多芬（Ludwig van Beethoven），生於1770年12月16日，1827年3月26日逝世，享年56歲。

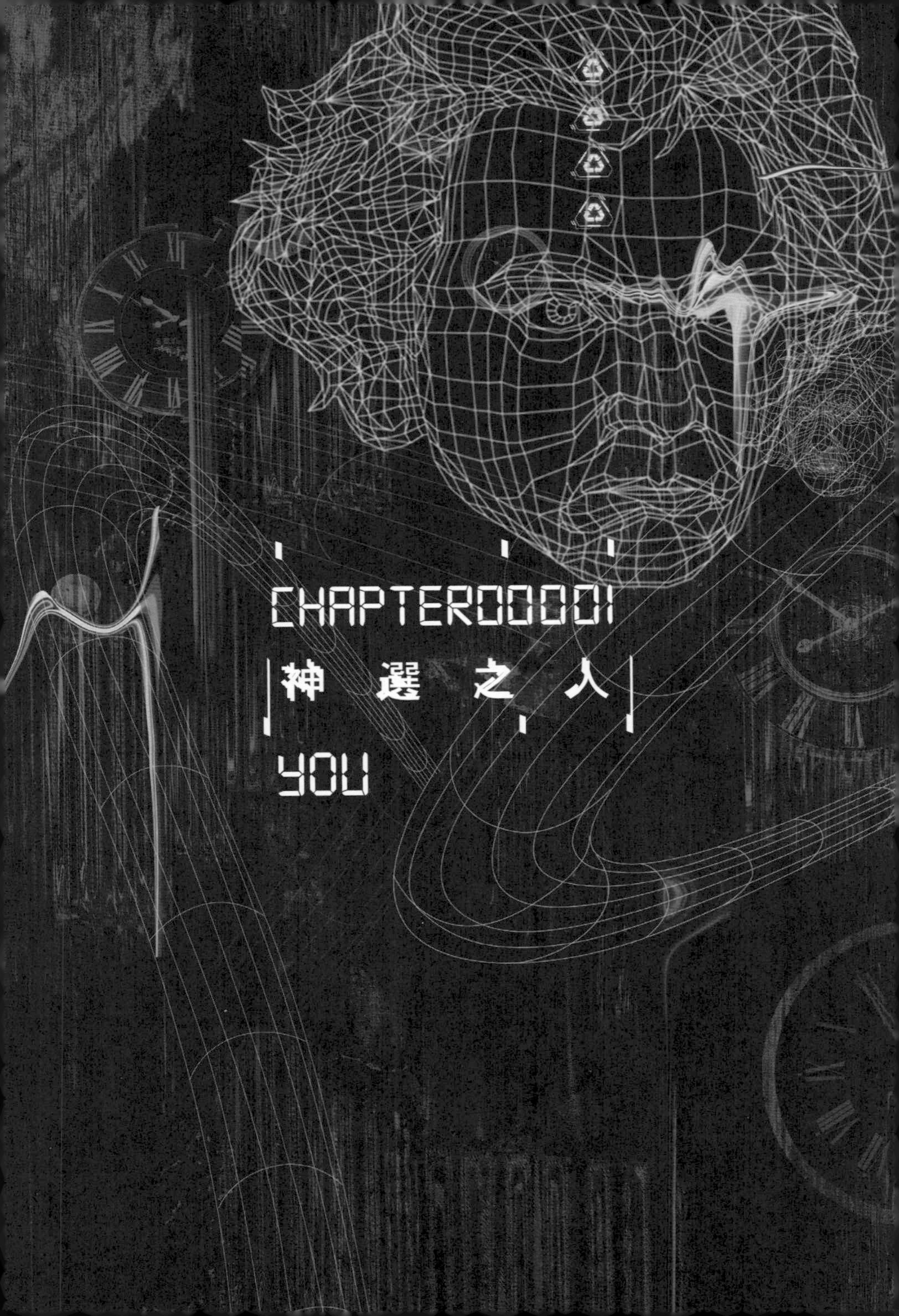

CHAPTER00001
神選之人
YOU

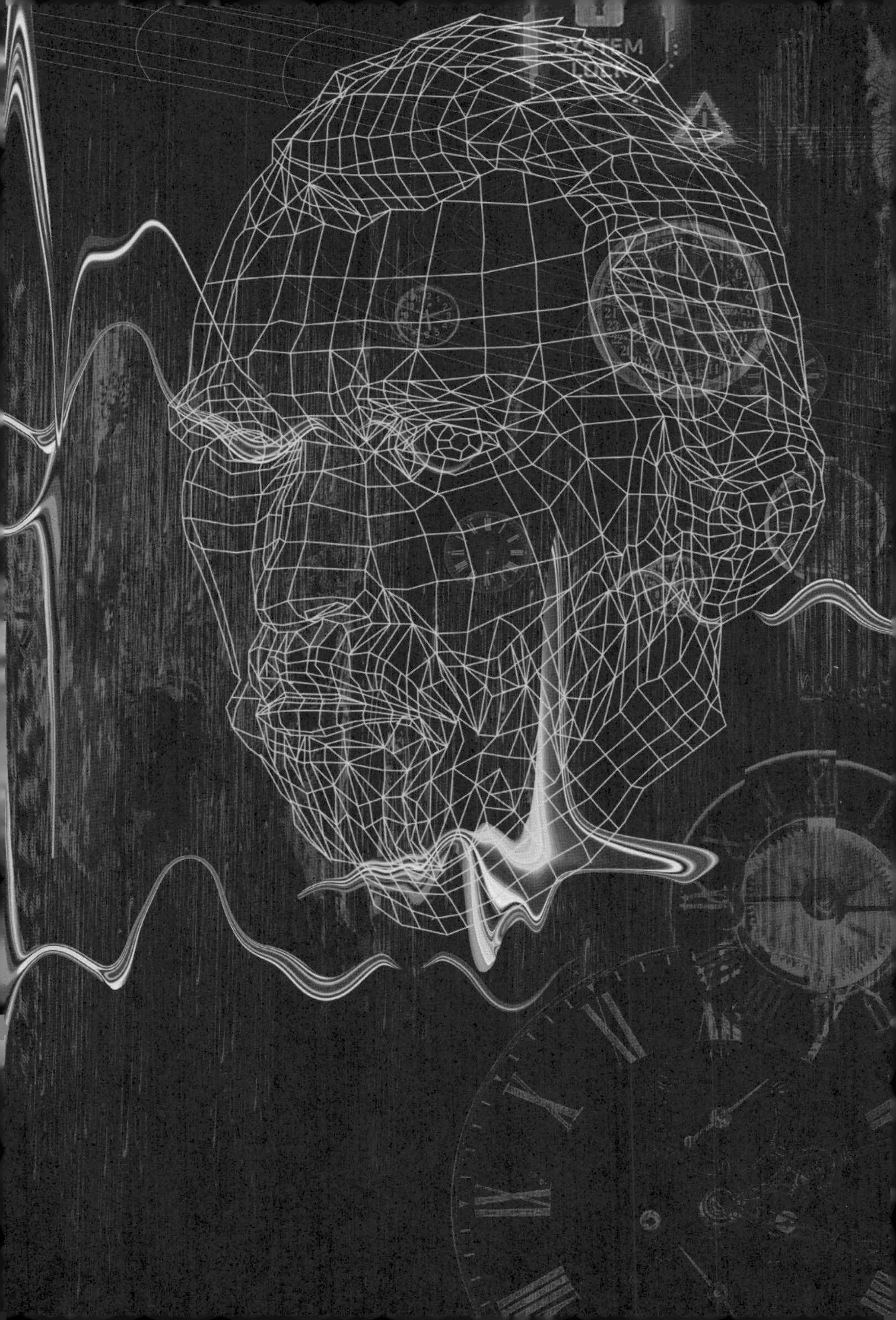

CHAPTER00001 - 神選之人 YOU 01

早上，鹿頸公廁。

我感覺到有人拍打我的小腿。

「呀！！！」我突然驚醒。

「你是不是傻的？在公廁睡覺？」一個清潔阿伯用地拖頭拍我的小腿。

等等……發生什麼事？！

我回憶一下……我被背心鄭帶來了公廁，他要我還錢，然後我被他兩個手下……

臉上傳來了噁心的臭味……

「嘔……」

我反胃，立即走到洗手盆洗臉，還有沖洗嘴巴內的異物！

「你是神經的嗎？全身臭味，好像幾天沒洗澡一樣！」清潔阿伯說。

我沒把他的說話聽入耳，我最後的記憶是被塞入噁心的馬桶差點死去，然後就是現在醒來……

背心鄭呢？他的手下呢？

是我暈倒，他們以為我死了嗎？然後立即逃走？還是他們放過我了？

等等……他們有拍到我被塞入馬桶的相片嗎？如果他們把相片放上網，會不會打格？

不打格也沒關係吧，我還可以扮可憐，一定有很多偽善的人可憐我！到時我叫人幫我，來一個網上籌款也不錯！

這樣又可以撈一筆！

「我跟你說話呀！」清潔阿伯死纏不休。

「別吵！」我大聲呼喝他：「屎坑公快死開！」

「黐線！」

他沒有下一句說話，離開了公廁。

我看著鏡中的自己，就像人乾一樣的面容，然後……我笑了。

「嘿嘿，又不用還錢了！」我在奸笑：「下次我一定不會給仆街背心鄭捉到！」

才一萬元，要我食屎？沒有十萬八萬我也不會食吧！

沒錯，為了錢，食屎又有什麼好怕？只要有錢，食人肉也可以！這就是我的性格，不，應該說是我的……生存之道。

死就死吧。

我的手機響起，我接聽。

「死仔空，你去了哪裡？我整晚也找不到你！」

是我的好友黃添山。

我告訴他我被背心鄭帶到鹿頸公廁，然後就是現在醒過來，他聽到後非常驚慌。

「你沒事吧？」添山問：「要不要報警？」

「報你條命，超煩的，我現在沒事就好。」我嗅嗅自己的身體，一陣難聞的臭味：「不過要先回家洗個澡。」

「別忘記今天約了他們！」添山說：「我打來就是想提提你。」

「我知道了，我沒有忘記。」我帶點不爽：「今晚見。」

掛線後，我走出了公廁，早上的陽光打在我的臉上，媽的……最討厭陽光。

在我前方走過的大嬸用手掩著鼻子，還用一個鄙視的目光看著我。

「看什麼？沒見過靚仔嗎？」我怒瞪。

她立即走開。

「好吧，先回家洗澡！」我愉快地離開。

無論昨天發生什麼事，我也很快忘記，回復心情，新的一天又再開始！

才沒有人像我一樣灑脫呢，嘿嘿。

什麼「明天會更好」我照單全收，我相信明天一定會更好，因為我還未死，就有可能……發達！

我再說一次，這就是我的性格！

不！

應該說是我的……生、存、之、道！

離開時，我發現右手手臂有點刺痛，手腕上，有一個像手錶一樣的印。

為什麼有這個印？背心鄭他們對我做了什麼？

算了！走吧！

《相信明天會更好，就是我的生存之道。》

深水埗汝州街。

一百呎的劏房，這裡就是我生活中最舒服的空間，我的睡床旁邊就是我的廁所，廁所門前就是我的雪櫃，雪櫃側邊就是我的廚房和洗手盆。

月租五千五百元。

我相信其他國家的人來到我家，他們一定會說：「我隻狗都比你住得好！」

不過，我卻非常喜歡這劏房，至少是我唯一的私人空間。

我看著剛貼在門前，給我撕下來的字條。

「再不交租，我立即趕你走！你的行李自己去垃圾房找吧！」

嘿，看來我最愛的私人空間，很快就沒有了。行李嗎？我就只有一個行李箱，根本就沒什麼貴重物件。

我躺在連腳也伸不直的床上，看著佈滿水跡的天花板。

香港這個地方真有趣，什麼都是錢錢錢。打電話來的，不是叫你借錢，就是想騙你的錢；收到的短訊，不是叫你賺快錢，就是網上賭場任你玩的宣傳。

社交媒體的留言？不是「我下身很濕」，就是乳房大軍說「我寂寞難耐」，其實就是想你進入他們的釣魚網頁騙錢。

我已經很久沒收過，問我生活過得好不好的訊息。

除了她，凝秋香。

她是我的中學同學，我記得中學時，同學因為她的名字而笑她是婢女，我看不過眼，掌摑了幾個亂說話的女同學，那次我差點被踢出校。

我還被取笑是唐伯虎，秋香的跟尾狗。

自那次之後，我跟阿凝就成為了朋友，一直到中學畢業。畢業後，已經過了七年？八年？她還會在我生日時發訊息給我。

「阿隱，你最近好嗎？」

我看著她給我的訊息。

我的名字叫隱時空，大家都會叫我時空，就只有她，會叫我阿隱。

為什麼她會這樣叫我？

因為她不喜歡別人叫她秋香，所以我就叫她阿凝，她同樣的會叫我的姓，而不叫我的名。

有人會給自己改一個獨一無二的花名，我很喜歡。

老實說，我中學時已經喜歡她，可惜，直至現在我也沒有向她表白，我們只是朋友的關係。

媽的，我這種人，又怎配上她？

此時，我看到拿著手機的手腕，那個印還未散去，我完全記不起為什麼會有這個印。

我的電話再次響起，是添山。

「我在你家樓下。」

好了，要出發了。

「我現在下來。」我回覆。

如果不是阿凝叫我這次一定要出席，我才不會去這種白痴的……舊同學聚會。

……

…

．

尖沙嘴高級法國餐廳，門前。

「先生，對不起，我們餐廳有Dress Code的要求，才可以入內。」門前的侍應說。

「有什麼要求？」我穿著T恤牛仔褲：「吃個餐跟穿什麼衣服有什麼關係？」

「對不起，因為……」

「讓他進來吧。」我的另一位中學同學周隆生走了過來。

「是的，周生。」侍應客氣地說。

他是這間法國餐廳老闆的兒子，侍應當然不能拒絕他。

「時空，很久沒見了。」周隆生跟我握手。

「對。」我給他一個虛假的笑容。

我對他一點好感也沒有，因為他除了是太子爺，還是阿凝的……男朋友。

「阿隱！你到了！」她走了過來。

一把很久沒聽過的聲音，她就是凝秋香。

我的阿凝。

《很不幸，自卑正是你配不上他的原因。》

「快過來吧！」阿凝拉著我的手臂：「你終於肯出席舊同學聚會了！很多同學都想見見你！」

才怪，只有妳才想見我，中學時，我根本沒有朋友，大家都好像當我透明一樣。

我看著阿凝，好像也有兩年沒見，除了她的棕色秀髮外，她的樣子比從前更成熟，可能是化妝的關係吧，不過，她依然很美。

「阿隱，怎麼你好像沒老過似的？」她看著我。

看著她漂亮的臉蛋，害我不敢直視她：「妳不也是嗎？只是變成熟了一點。」

「就是老了。」阿凝可愛地說：「沒辦法，上班要化妝，皮膚也變差了。」

才二十五歲就叫老？女人這生物真奇怪。

她帶我來到其他舊同學身邊，一個跟一個介紹著，她的傻大姐性格還是沒有變。

為了她，我不會拒絕她的要求，我就扮成傻瓜一樣，跟每個舊同學打招呼，老實說，我看得出他們也跟我一樣虛偽，嘿。

寒暄一會後，我們十多人被安排到一張長桌上用餐，阿凝坐在我身邊，當然，添山也坐在我旁邊。

「你看那個國劍雄，又在吹噓自己買新跑車了。」添山在我耳邊說。

「又如何？不也是分期付款。」我說。

「的確！一定是！」添山高興地說：「供車供死了！」

聽到別人比自己好，就會妒忌；聽到別人比自己差，就會沾沾自喜，這些虛偽的飯局，就是如此。

大家除了互相吹噓外，還回說起*光大中學發生的事情，他們又拿「秋香事件」出來說了。

我只能擠出一個微笑，迎合這一班人。

「不想來都來了，你就認真點吧！」

此時，我聽到有一把女聲，在我背後說話！

我立即回頭看，什麼人也沒有。

「有什麼事？」阿凝問。

「沒……沒有。」我微笑轉移話題：「這煎羊架真好吃！」

明明就聽到有人說話！是我幻聽嗎？

「時空你很少參加這些聚會，大家都想知道你的近況。」周隆生看著我：「你可以分享一下嗎？」

媽的，為什麼要問我？難道我要說我在打散工，現在連租也未交，還欠人錢？

「我……」我想了一想：「我在一間科技公司工作！」

「科技公司？是哪一家大企業？Amazon？Microsoft？不會是Apple吧？」其他同學問。

「是……」我突然不知道怎回答。

「是一間很秘密的科技公司！」阿凝替我解圍：「他連我這個最好的朋友也不說，一定是從事一些秘密的科技！」

「對，哈哈！沒錯！很秘密的！」我傻笑。

「真的嗎？」

大家的臉上也出現了懷疑的眼神。

阿凝替我解圍，我不能讓她跟我一起出醜。

「你們不相信嗎？」我說：「好吧，我就告訴你們一點點吧。」

眾舊同學也在等待我說話。

此時，我想起了自己的名字……

「我們公司正在研發……」我認真地說：「時空旅行！」

《其實大家也心照，那些虛偽的微笑。》

＊光大中學，詳情請欣賞孤泣另一作品《教育製道》。

CHAPTER00001 - 神選之人 - YOU 04

全場人聽到我的說話後，首先呆滯，然後開始大笑。

「時空，你真會說笑！呵呵呵！」一位女同學大笑。

「什麼時空旅行？你只是在搞笑嗎？」另一位男同學說。

「你可以具體形容一下你的工作嗎？」周隆生問。

他根本就是想我出醜。

「這……」我不知怎麼回答。

「你褲袋，拿出來吧。」

那把女生的聲音，再次在我耳邊出現！

我褲袋？

我拿出一樣東西，是一隻耳環。我為什麼會有這隻耳環？

「這是什麼？」女同學問。

「跟著我說。」女生的聲音又再次出現。

「這是1955年，*瑪麗蓮．夢露（Marilyn Monroe）在電影《七年之癢》中戴過的耳環。」我跟著女聲說：「我的朋友回到1955年，幫助她處理有關結婚的事，當年還未到三十歲的瑪麗蓮．夢露，就把耳環送給他，然後他轉送給我了。」

全場人也呆了一樣看著我。

「讓我看看！我修讀珠寶鑒證的，在珠寶公司工作！」另一位男同學說。

我把耳環給他，他拿出了一個單眼的放大鏡，細心地看著耳環上的珠寶。

「的確，這珠寶很罕有，是五六十年代的產品！」他非常驚訝：「現在很值錢！」

全場人不只是呆了，而是啞口無言！

「拿回來！」我一手搶回來，自信地說：「現在相信了嗎？」

然後，大家也開始追問有關時空旅行的事。

「不，我不能說太多，因為這樣可能會⋯⋯」我在亂說一通：「改變未來！」

整個聚會我突然變成了主角，我看著想繼續吹噓的其他同學，他們一臉不爽，因為主角位置，被我奪去了！

我完全不知道發生了什麼事，我只知道我很少這樣受歡迎，超爽的！哈哈！

晚餐過後，一班舊同學來到了法國餐廳的露台吃著甜品、喝著紅酒、看著維港聊天。

終於，來到了我跟阿凝的二人時間。

「阿隱！你真的可以時空旅行嗎？」她喝了一口紅酒。

「妳也是笨蛋嗎？」我笑說。

「你那隻耳環……」

「鴨寮街三十元有找。」我說。

「我也估到的了！嘻！」她拍打我的手臂：「你連我也騙啊！」

其實，我也不知發生了什麼事。

「送給妳。」我把耳環給她：「雖然不值錢，不過就當是見面禮吧。」

「好吧！如果只是三十元，我就收下吧。」阿凝笑說。

「如果未來我有錢，我會送更值錢的給你！」我說。

「我才不要，如果你要送東西給我……」她看著維多利亞港：「就祝我得到幸福吧。」

「妳現在不幸福嗎？周隆生不能給你幸福嗎？」我問。

「不，他對我很好，他甚至想我不要出來工作。」她說：「不過，他的家族都是有錢人，有時我覺得有錢人的世界很……」

「很假。」我說。

「對！你明白！」

像我這樣的窮人當然不是明白，而是知道有錢人的虛偽。

「妳一定可以得到幸福的。」我安慰著她：「到妳結婚時，我一定會送你一份最特別的結婚禮物！」

「謝謝！你果然是我最好的朋友！」阿凝微笑說。

其實，我想說「我給妳幸福」，不過，看看我現在的身世，也許，周隆生比我好一萬倍。

我已經早早學懂了「就算再喜歡，但並不一定要擁有」。

我們一起看著維港。

也許，我們心中都有屬於自己的心事。

《什麼關係最長久？喜歡但毋須擁有。》

＊瑪麗蓮・夢露（Marilyn Monroe），生於1926年6月1日，1962年8月5日逝世，享年36歲。

回家的巴士上。

聚會完結後，周隆生駛著跑車送阿凝回家，而我，一個人坐在巴士的上層。

那一份酸溜溜的感覺真的很討厭，他媽的討厭。

有些人含著金鎖匙出世，長大後繼承父業，名成利就；有些人卻像我一樣，家境清貧，長大後還要每天擔憂生活，一事無成。

世界公平嗎？

我有錢都會像紳士、我有錢也可以很善良、我有錢……

就在我快要睡著之際……

「你竟然把瑪麗蓮・夢露的耳環送了給別人！」

「誰？！」

我驚醒，回頭看著車廂後方……一個人也沒有！

「妳是誰？！」我吞下了口水：「是鬼魂嗎？我才不怕妳！我怕窮也不怕鬼！」

「你最怕窮嗎？」

聲音從前方傳來，我立即回頭，一張臉就在我正面不到三吋的位置出現！

「嘩！！！」

我被嚇得跌在地上！

「妳……妳是誰？」我聲線也震了。

明明上層車廂就只有我一個人，她是從哪裡跑出來的？！

「我救了你，你應該要多謝我。」她說。

「什麼意思？」

我看著她的樣子，皮膚白滑，非常清秀，而且穿著奇怪的純白外套短裙服飾，有點像太空人，完全不似是鬼。

「唉，本來我不應該出現的，不過看到你被舊同學戲弄，我又覺得你很可憐。」她坐到我本來的座位上。

我完全不懂她在說什麼！

「時空，你真的是一個很爛的人，這個社會不太適合你生存呢。」

「妳怎樣知道我的名字？」

「看來你真的什麼也忘記了！」她說：「我們在四千三百二十分鐘前認識的，不過還是算了，你不會記得的。」

「四千三百二十分鐘……」

「就是三天前吧！」她帶點不滿。

「等等……我三天前都沒見過妳！應該說我從來沒見過妳！」

「在你的時空當然沒有！」她說：「先別說這些！現在你把我給你的耳環送給了別人，我就有麻煩了！那耳環在你現在的時空是很值錢的！如果拿去拍賣至少值二百萬美金！」

「什麼是我的時空？！」我想了一想：「等等……那隻爛鬼耳環值……二百萬美金？！」

「瑪麗蓮．夢露的遺物啊！上面還有她的DNA，二百萬已經估計少了。」她說：「你卻送給了那個女生！」

冷靜！冷靜！冷靜！我現在一定要冷靜下來，而且這個可愛的女生，也不似是什麼害人的惡鬼。

我從地上爬了起來，看著她：「妳……可以詳細的告訴我，究竟發生了什麼事？」

「其實我們也不知道發生了什麼事，就是因為這樣，我才被派來暗中監視你。」她說：「看來我回去會被懲罰了。」

「為什麼要監視我？妳回去哪裡？什麼人要懲罰妳？」

「沒辦法了，就讓你回復記憶吧。」她拿出了一個金幣：「在這時空出現另一個時空的記憶，會令你的大腦記憶錯亂，會有一點痛苦，知道嗎？」

然後她用手指彈了一下金幣，出現了清脆的聲音……

同時，我的頭像被千隻蜜蜂針刺一樣刺痛！

「呀！！！！」

「司令他們給了你一個名字，他們都叫你做……」她看著痛苦的我：**「神選之人。」**

《世界從來也不公平，沒人會明白你心情。》

WE CHANGE THE WORLD AND LET THE WORLD NOT CHANGE.

CHAPTER00002

時空管理局

TLR

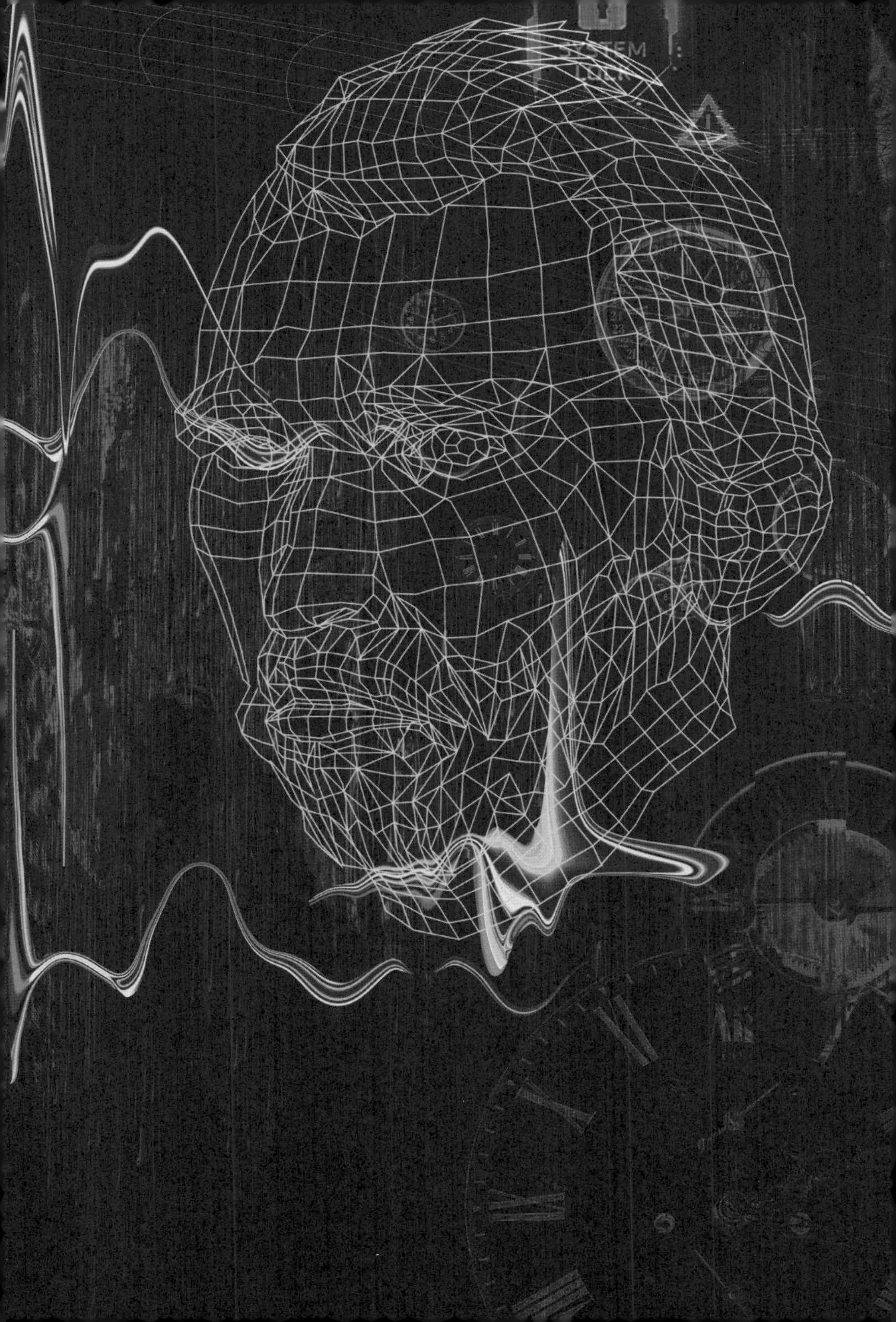
SYSTEM

CHAPTER00002 - 時空管理局 TLR C1

全白的空間內。

「嗶！不要！我會還錢給你的！放過我！放過我！」我痛苦地掙扎。

當我張開雙眼，只看到全白的空間，背心鄭呢？他兩個手下呢？

此時，突然響起了警號！白色的空間變成了紅色！

「發⋯⋯發生什麼事？！」

不到數秒，空間突然出現了一道門，大門打開，幾個拿著武器、打扮奇怪像太空士兵的人走了進來！

「舉高雙手！」其中一個人大叫。

「等等⋯⋯」我說：「現在是拍戲嗎？」

「別要起來！舉高雙手！」

看著他雙手拿著像槍的東西，槍口指著我，我只能依照他們的說話做。

在四個人後方的大門，出現了另一個人，她同樣穿著像輕便太空衣的服飾，純白的外套，還有短裙，露出一對美腿。

她個子不高，留著一個齊蔭瀏海的髮型，樣子很可愛……等等！現在不是評頭品足的時候！

「嘩！好臭！」她掩著鼻子：「你掉入了馬桶嗎？」

我想起被塞入馬桶的情景……

「你們是……背心鄭的人？」我問。

「什麼背心鄭？」她大叫：「基多圖，清洗異物！」

異物？我是異物？

「知道！」一把聲音傳來。

地上突然出現了幾支像水柱的物體，噴出了乳白色的氣體，我整個人被幾個巨型風筒吹著！不到數秒氣體停了下來，我全身的臭味也隨之消散。

「現在好多了。」她說：「你們放下武器吧。」

「但不知道他是怎樣入侵……」士兵說。

「你們看他也沒什麼攻擊性吧？不用怕。」她走向我。

「妳……妳是誰？」

「愛得萊德艾朵拉愛爾柏塔安琪拉艾爾莎。」她說。

「什……什麼？」

「你又是誰？」

「我是隱時空，幾分鐘前還在鹿頸公廁內！」我表情驚慌：「現在……」

「5A，把他帶過來。」空間傳來了廣播的聲音。

「知道！」愛得萊德艾朵拉愛爾柏塔安琪拉艾爾莎說：「你跟我來！」

話一說完她回頭離開。

「等等！我現在在哪裡？我又要去哪裡？」我站起來大叫。

她再次回頭看著我，因為她身形矮小，只能抬起頭看著我。

「你給我聽清楚啊。」

她表情認真起來，不知怎的，我的心跳加速。

「這裡是『時空管理局』，不知是什麼原因，你突然在這裡出現。」她說。

「『時空管理局』？嘿，不會真的是在拍戲吧？」我苦笑：「我不演了，讓我走吧。」

「我也很想讓你走，不過，還是先查清楚發生什麼事。」她看看手臂，出現了立體影像：「啊？原來是2023年的世界。」

「什麼2023年的世界？」

「你本來身處的時空！」

「什麼我身處的時空？！現在不是2023年嗎？」

我不知所措，因為我完全聽不懂她在說什麼！

「你再給我聽清楚。」

她再次露出認真的表情。

「現在是……4023年！」

什麼？！！！！！！

4023年？！

《能夠讓你習慣，大概只有時間。》

CHAPTER00002 - 時空管理局 TLR C02

「時空管理局」（TimeLine Restart），簡稱TLR，顧名思義就是管理時空的組織。

我被塞入馬桶的一刻，竟然來到了……未來！

二千年後的未來！

我當然不相信，有什麼人會相信自己突然就來到了未來？

不是說笑吧？

直至愛得萊德艾朵拉愛爾柏塔安琪拉艾爾莎帶我來到一個玻璃屏幕前，在我眼前是外太空，我正身處於一艘巨大的太空船上！

玻璃屏幕外，是一個圓形全黑的星球，她跟我說，這個星球曾被稱為「地球」，現在已經失去光芒，變成一個鐵芯殘骸。

二千年後，已經沒有地球！

我不敢相信自己眼前的景象，我還以為自己在發夢！

然後，我來到了一間全白的等候室。

「我在2023年的某天，被債主把我的頭塞入馬桶，然後就來到了二千年後的未來，我在一艘圍繞著地球航行的太空船上，看著已經變成廢鐵的地球。」我在傻笑：「黐線……真的是黐線的……」

「你不是黐線，你的心跳脈搏很正常。」一把聲音不知從哪裡傳來：「我也幫你檢查過了，大腦也正常運作。」

我認得這把聲音，就是把我清洗時出現的聲音。

「你是誰？」

「隱時空先生，你好，我叫基多圖，是太空船上的AI人工智能。」它說：「我沒有性別，不過，我覺得自己是男性。」

「即是ChatGPT？」我想起了最近的新科技。

「ChatGPT算是我的祖先了，那已經是二千年前的舊程式。」

「祖先？嘿，我怎知道你不是一個人？而是AI？」

「你沒法分別的，因為現在所有的AI都通過了圖靈測試（Turing test），你分不出我是人類還是AI也很正常，你就當我是一個人類吧。」基多圖說。

「即是你有人類的心智？」我問。

「可以這樣說，我會感覺到痛苦，也會因為太多工作而煩惱。」它說。

「那你有沒有試過窮到要問朋友借錢，借完又借，借完又借，最後身邊的朋友都走了，沒有人再相信你。」我想起了自己：「然後心中會出現一份自責與痛苦，根本就是自己的問題，與人無關，很自責。你有感受過嗎？」

「這個問題……」

「還有，你有試過因為窮而被自己喜歡的人拋棄嗎？而且不只是一次，是三次。」我沒等他回答：「那份自愧不如，覺得自己像爛泥一樣的感覺，你有感受過嗎？」

「從我的資料之中……」

「基多圖。」我看著天花板：「你有沒有真心愛過一個人？」

一秒、兩秒、三秒……或者，它在運算著，我的問題它沒法立即回答。

「我沒有。」

基多圖就說出了這三個字，不過，我感覺到它說出的這三個字，包含在著痛苦與失望，就如一個從來沒戀愛過的人類一樣，有一份無奈。

「嘿，這語氣不錯，像一個人。」我笑說。

「真的嗎？謝謝你。」基多圖高興地說：「隱時空，你是一個很有趣的人。」

「有趣也沒用呢，又不可以用來搵食。」我說。

「跟你聊天我覺得很愉快。」基多圖說：「好了，司令已經給我指令，你可以到司令的會議室。」

「我要怎樣去？」

不到一秒，我已經出現在一個新的地方！

在我面前，除了那個名字很長的女生，還有十數人。

「隱時空，歡迎來到我們的時空。」

《有時，就算無奈，也要放開。》

「這是……瞬間轉移嗎？」我苦笑。

「呵呵！對你來說，就是瞬間轉移吧。」一個白鬚男人說：「二千年前的人類。」

「5A。」坐在中央的男人，有點像鐵鈎船長，不過，卻是穿著全白的制服。

「是！」那個名字很長的女生：「我先來介紹！」

她指著白鬚男人，他叫亞伯拉罕，是科技部門的主管，他身邊還有三個他部門的主管；然後就是另一個中年女人，身材好得不敢正視，她叫弗洛拉，是生物部的主管，還有她旁邊的幾個高級助手。

最後就是坐在中央的男人，他就是時空管理局的總司令羅得里克，還有他一左一右的秘書與助手。

「而我就是愛得萊德艾朵拉愛爾柏塔安琪拉艾爾莎，是特殊事件部的主管，你可以叫我艾爾莎，因為我的名字是Adelaide、Adora、Alberta、Angela、Alisa加起來，就是5A，你也可以叫我5A！」她說：「還有其他的部門，之後再跟你介紹吧！」

艾爾莎一口氣介紹了在場的人，讓我覺得奇怪的是，她說二千年後地球已經變成了廢鐵，而在這裡卻有一個人類組織？

「他只不過是一個普通男生，真不明白，為什麼他就是『神選之人』？」弗洛拉態度高傲：「那個只是傳說而已，我覺得未必是真的。」

「不過，在那段『空白期』，的確有預言將會出現一個這樣的人。」白鬚男人亞伯拉罕說：「傳說也是一種記載，不是沒有根據。」

司令羅得里克說：「至少這個人真的出現了。」

「對不起，讓我阻一阻你們討論我的雅興。」我傻笑：「究竟發生了什麼事？」

羅得里克看著亞伯拉罕，亞伯拉罕開始跟我解釋。

「你現在身處的時空是4023年，就是你本來時空的未來。」亞伯拉罕摸摸自己的白鬚：「我嘗試用你能明白的說法去解釋吧。」

「時空管理局」就是一個管理時空的組織，就如世界政府一樣，他們會處理一些時空的錯誤，然後把漏洞修正，不讓世界的歷史改變。

他們有一句格言，就是……

「我們改變世界，讓世界不改變。」

「詳細的就不跟你說了，我們只想跟你說……」亞伯拉罕走到我面前：「從來沒有人像你一樣，從另一個時空突然傳送過來，而不是由我們主動傳送。」

「所有時空的隱時空也是一個平平無奇的人類。」艾爾莎問：「但你卻與眾不同，其實你是怎樣來到這裡的？」

所有時空的我？我不明白她的意思。

然後，我把我最後的記憶告訴了他們。

「哈！怪不得你這麼臭！」艾爾莎笑說。

「5A。」羅得里克叫著她的名字。

「對不起！」艾爾莎吐吐舌頭。

「其他時間線的隱時空也死在馬桶內，為什麼你沒有死，而且還傳送過來了？」弗洛拉疑惑。

全部的「我」都死了？

「其實我們問他也沒有用，看來就連他自己也不知道原因。」弗洛拉高興地說：「不如交給我吧，把他解剖後可能知道真相。」

「解剖？」我瞪大了雙眼。

「弗洛拉說笑而已！」艾爾莎看著司令：「我有一個好提議！」

「是什麼？」羅得里克問。

「把他留下來吧！」

《我們能改變的，不是過去的自己，而是現在的未來。》

兩小時後。

弗洛拉在我身上做了一些奇怪的測試後，我被安排到另一間純白的房間，而且手臂被植入了某些裝置，我也不知道是什麼。

老實說，我還未完全接受到自己竟然來到了4023年的時空。

「哎呀！痛！」我打了自己一巴，我不是在發夢。

太黐線了，沒想到我會用這個方法來到未來！

亞伯拉罕跟我簡單解釋過「時空」的理論，我也看過很多穿越時空的電影，大概明白他的說法。

首先，「時空」是無限的，因此會出現不同的平行時空（Multiverse），簡單來說，即是在某一個時空的我舉起左手，就會有另一個時空的我舉起右手，然後未來的故事就會出現分支改變。

在無限時空中的我，都是在馬桶之內窒息而死，媽的，我沒想到我會是這樣死去！

唯獨只有這個我卻沒有死去，甚至來到了二千年後的時空，他們說，這是不可能發生的。

為什麼不可能？

因為我只是一個非常平凡的人，無論是死亡還是生存，也不會影響歷史的發展。最不可思議的是，我不只沒有死去，甚至來到了未來，這是不可能發生的事。

鑊根！我的時光機就是馬桶？

就因為這樣，他們才會把我當成「外星人」一樣看待。

他們還說在所有的平行時空世界中，都出現過「空白期」，空白期代表了「**沒有任何歷史記載**」。唯一記載的，就是記錄著有一個人憑著自己穿越未來，他們稱這個人為「神選之人」。

我有問過他們為什麼會有「時空管理局」。

然後他們說了管理局的宗旨——

「**我們改變世界，讓世界不改變。**」

正常來說，無限個平行時空中，像我這樣的普通人，無論是舉左手又或是舉右手，都只會影響一少部份。來到「奇異點」（POINT），即是時間的結算點，最後也會是相同的結局，不會改變。

舉個例子，某個平行時空的你中了六合彩，又或是沒中六合彩，來到「奇異點」結算，如果你的結局是一貧如洗，無論當中發生過什麼事、你的性格有沒有改變、身邊出現怎樣的人也好，來到「奇異點」，也只有一個結局，最後你只有一個身敗名裂的下場。

然後，你的人生又再向著另一個「奇異點」出發，當中可能會發生不同的事，但在「奇異點」結算時，也只會是同樣的結果。

這個機制非常好，就因為這樣，無限的時空也不會有很大的歷史改變，時空會「自動修復」到一個相同的結果。

如果時空會「自動修復」，「時空管理局」還有什麼價值呢？

我的質疑是正確的，因為他們說出了「時空管理局」的存在意義。

因為某些時空會出現「漏洞」（BUG），讓「奇異點」結算有誤，世界就會完全改變。

而出現漏洞，讓「奇異點」結算出現誤差的原因，都是因為「人」。

不是像我一樣的普通人，而是世界上的……

「偉人」。

只有世上的「偉人」才會讓時空出現漏洞。

《就算是無限的時空，都會出現漏洞。》

艾爾莎說了一些例子。

比如「時空管理局」另一個部門「行動部」，他們負責執行改變世界的任務。

「行動部」分成不同的隊伍，去執行任務。

其中有一個任務，就是把某個時空的貝多芬弄聾，因為在那個時空出現了「漏洞」，貝多芬沒有耳聾，所以才要把他弄聾。

我當然知道貝多芬是一個耳聾的偉大音樂家，但問題是為什麼要把他弄聾呢？

艾爾莎說如果貝多芬沒有聾，就不會出現像《第九交響曲》這樣傳頌後世的作品，這樣會影響音樂史的發展，嚴重改變未來。

這就是「偉人」的定義。

就因為這樣，他們要去修復「奇異點」，讓時空不會出現巨大的歷史改變。

我大概明白「我們改變世界，讓世界不改變」的意思了。

媽的，他們說我是什麼普通人，不會讓「奇異點」改變，其實是在諷刺我的微不足道嗎？

不過算了，的確，我在人類的歷史中，只是其中一粒微塵。

「時空管理局」的工作就是這樣，把無限個平行時空出現的「漏洞」修復。

然後我又問，有無限個時空，不就是有無限個漏洞？他們只是一個組織，怎可以全部都去修改？

「你這個二千年前的人類，智商真的很低。」這是艾爾莎的答案。

媽的。

她說，有無限個平行時空，即是代表了有無限個「時空管理局」，他們有一套工作分配的機制，合作去維持各個時空的歷史。

同時艾爾莎也跟我說，我的突然出現，在所有的「時空管理局」也沒有發生這樣的事，只有我現在身處的4023年時空，在這個唯一的時空出現。

「他們可能會把你拿來像白老鼠一樣研究。」艾爾莎說。

「白老鼠？怎樣研究？」

「首先是拿出你的腦袋，然後輸入水銀物料……」

我聽著她所說的「研究」，整個人也起了雞皮疙瘩。

「所以我才建議把你留下來，如果你成為『時空管理局』的人，就會得到法規保護，沒有人可以動你半條毛！」

艾爾莎好像說得非常輕鬆，不過，我知道她是想幫助我。

現在他們暫時把我留下來，等到討論有最後結果，我就會知道自己的「命運」如何。

「我有一個問題。」我問。

「說吧，低智商人類。」她又在揶揄我。

「妳說的改變時空的任務，會任務失敗嗎？」

「當然會！」

「這就奇怪了，你們可以穿越過去和未來，即是說，有『更未來』的『時空管理局』吧？未來的人一定可以告訴你們任務會失敗，又或是如何成功完成任務，不是嗎？」

艾爾莎用一個驚嘆的眼神看著我：「低智商人類竟然可以問出這個問題！」

「妳夠了嗎？我不是低智商人類，我甚至是妳的祖先！」

「嘻！知道了，不過你這個問題的確很不錯啊！」艾爾莎說：「我們現在身處的時空，就是『時空的盡頭』，我們沒法去到未來。」

「時空的盡頭？」

「其實有兩個可能性，一、是我們這個時空就是盡頭，未來的事還未發生；二、是……」

「在未來已經有人要『阻止你們去窺探未來』！」我搶著說。

「你愈來愈聰明了！」

「我覺得更有可能是第二個答案。」我說。

「不過『時空管理局』都選擇相信我們就是最盡頭。」她說。

我才不是這樣想呢……

即是說，這個時空的未來，一定是隱藏著不能讓現在這個時空的人知道的某些事。

究竟會是什麼事？

《就算知道是傷害，也想窺探著未來？》

我在房間睡了一晚，第二天，艾爾莎帶我參觀太空船，這次還有基多圖跟我們一起。

一個像六七十年代的黑色鐵皮機械人，出現在我眼前。

「二千年後的機械人，就只是這樣？」我看著它。

「錯了，我這個造型是專為你而設的。」基多圖說：「黑色鐵皮只是一個實體化AI的外殼，我可以隨時變形。」

它走路時左搖右擺。

「好了，現在我們帶你參觀太空船！」艾爾莎也換上了在我時代流行的服飾。

她帶我來到了「時空管理局」的博物館。

「這……就是太空船的外形？」我問。

在我眼前的投射影像，是氣體形態的太空船。

「沒錯！這是宇宙中最硬的氣體，氣鈦金屬，它的『密度比』非常高，而且有高抗拉性，還有抗腐蝕性、抗疲乏性、抗裂痕性。」她看著我這個鄉下人：「氣鈦金屬在你的年代五百年後才出現，現在已經沒有人用固體製造太空船了。」

五百年後？

「其實地球發生了什麼事，變成現在這樣的廢鐵？」

「有規則不能把地球歷史告訴過去的人。」艾爾莎說：「不過，我就簡單地告訴你吧！」

2071年是人類的「黑暗期」，然後人類走向滅亡。不過，在一百多年後，大約在2212年，有一個叫*鄔月一的男人，拯救了本來淪為食物的人類，當然還發生了很多事，不過艾爾莎沒有詳細說明。

之後的時間，本來已經接近滅亡的人類再次迅速發展，因為已經有前人的科技知識，人類的發展速度比我的年代更快。

「大約在一千年前，人類再次重蹈覆轍，地球被人類毀滅，而人類只能在太空船上生存。」基多圖說：「我的資料庫擁有所有人類文明的歷史，其實我覺得人類是……」

「應得的。」我說：「人類毀滅是咎由自取。」

「我有相同的見解。」基多圖說。

「我真想知道你住的香港，人多車多非常擠擁，究竟在那裡生活會是什麼感覺？」艾爾莎說。

「別要嚮往。」我苦笑：「如果妳住在我的時代，妳會非常痛苦。」

艾爾莎看著我，從她的眼神中，我感覺到一份疑惑。

「狗也比我住得好。」我輕聲說。

「你說什麼？」艾爾莎問。

「沒有！哈！」我轉移了話題：「妳又說帶我參觀？」

「對！跟我來吧！」

我們繼續參觀博物館。

太空船的面積有整個香港那樣大，在我的想像中很難理解，一個香港般大的氣體太空船是如何運作，就算基多圖跟我解釋我也不太明白。

船上住了五十萬人類，還不錯。香港般大的地方，卻只有五十萬人口。

「其他人呢？還有其他的太空船？」我問。

艾爾莎搖搖頭：「沒有了。」

「什麼沒有？」

「現在人類就只有五十萬的人口。」

「什麼？！」

《你也住在這個地方，你痛苦嗎？》

＊鄔月一，《低等生物》角色，詳情請欣賞孤泣另一作品《低等生物》。

在這一千年間，人類已經沒法正常生育，出生率只有從前的0.0000000001%，而且就算出生，能夠存活下來的都只有十分之一。

「嘿，這樣說，避孕套公司應該不存在了。」我說笑。

「什麼是避孕套？」艾爾莎問。

我看一看基多圖，它應該明白我在說什麼。

「艾爾莎，妳今年幾歲？」我問。

「從出生起計，今年是第二十三年。」她說。

「妳還是處女？」

「處女？」她不明白：「你是說人類的星座？」

「哈哈哈！沒什麼！沒什麼！只是想知道而已！」我奸笑。

看來未來的人類，不太知道一些我時代的東西。

「不，我想隱時空所說的處女就是……」基多圖說。

「不用說下去了！哈哈！」我叫停了它：「妳只有二十來歲，為什麼已經成為了特殊事件部的主管？」

我想起了亞伯拉罕與弗洛拉都比較老，只有她這樣年輕，年紀還要比我小。

「因為我是卵生人，我一出生已經擁有智慧，所以可以很早就開始工作。」她輕描淡寫地說。

「卵生人？你不會跟我說妳是由蛋孵化出來的嗎？」我非常驚訝。

「對，有什麼奇怪？」艾爾莎說：「我名字很長的原因，是因為有四個提供卵子的女人，Adelaide、Adora、Alberta、Angela而所生的孩子，即是我Alisa。」

二千年後的世界，已經完全超乎我的想像。

我們繼續參觀太空船，來到了一個很大的空間，空間放滿了透明圓形的球體，一望無際。

透明球體內的都是……人類。

「我們分成『活動人』與『意識人』，他們就是意識人。」艾爾莎說。

「意識人是什麼意思？」我問。

「他們生活在虛擬的世界裡面，一樣會成長與老死。」基多圖說：「根據你時代可以認知的程度，就是生活在VR虛擬世界裡，當然，VR已經是很舊的科技。」

「他們這樣就過一生？」我問。

「沒錯，虛擬世界都是最幸福、最快樂的世界，沒有戰爭、沒有痛苦。」基多圖解釋：「生活在球體內的是人，是最幸運的人類。」

「真的是這樣嗎？」我有點懷疑。

「總好過你住一百呎劏房。」它說。

我明白基多圖的想法，不過，只活在一個虛擬的世界，可以叫做幸福嗎？

此時，我手腕上出現了立體影像，是亞伯拉罕。

「阻礙了你參觀太空船的活動，對於你的處理方法我們已經有結果，而且找到了出現漏洞的原因。」他說：「5A，現在就帶他回來會議室吧。」

「沒問題！」艾爾莎說。

不到兩秒，我們就像昨天的瞬間轉移一樣，來到了會議室。

「這麼方便，為什麼要『行』去參觀？」我問她。

「就是迎合你的習慣而已。」艾爾莎微笑說。

這次會議室只有四個人，司令羅得里克、科技部亞伯拉罕、生物部弗洛拉，還有一個六呎高，左眼有疤痕的男人。

「他是行動部的主管，他叫吉羅德。」艾爾莎在我耳邊說。

「隱時空，我們已經決定了。」羅得里克表情嚴肅：「不會讓你留下來！」

媽的！不讓我留下，難道他們要拿出我的腦袋，然後輸入水銀？！

《沒法忘記的過去，當中你在想著誰？》

「你的腦袋一定很新鮮！」弗洛拉舔著自己的嘴唇。

我不自覺退後了一步。

「弗洛拉，別要嚇他。」羅得里克說：「我們不會用你來做生物實驗，不過我們還是要研究你的『存在』原因。」

「什麼……什麼意思？」

亞伯拉罕揮一揮手，出現了一個地球的立體影像，然後地球移動到香港的位置。

「我們發現了，在你的時空出現奇怪的扭曲漏洞，導致你來到未來的世界。」亞伯拉罕說：「只要你在香港某些地方出現瀕死狀態就會出現漏洞。」

「我們稱那些地方做……『香港異聞帶』。」

「香港異聞帶」，就是香港的變異秘聞地帶，而鹿頸的公廁，就是其中一個。

「暫時未知為什麼會出現這些異聞帶，同時，你身上也沒有發現奇怪的基因組織。」弗洛拉說：「你的身體與內臟我已經一覽無遺，身體機能還不錯，肌肉也比正常人發達，不過，卻沒找出其他特別之處。」

她是在讚我嗎？

「所以我們決定了對你繼續進行研究。」亞伯拉罕說：「希望可以得到更多『香港異聞帶』的數據。」

「即是怎樣？」我問。

「我們不會把你留下來，而是把你送回你的時空。」羅得里克說。

也好，至少我不會被煎皮拆骨。

「不過，我們會洗去你在這時空的記憶，另外5A會在暗中觀察你的生活。」羅得里克說。

「我沒問題！」艾爾莎舉手說。

「這不是玩的，妳知道嗎？」一直沒說話的吉羅德嚴肅地說：「這是任務。」

「我知道了。」艾爾莎像變成小女孩一樣低下頭。

「等等……」我說：「你們要怎樣洗去我的記憶？會不會很痛苦？」

「一點都不痛！」艾爾莎拿出了一個金幣，金幣上面刻著一個男人的側面肖像：「只要我彈一下金幣，你的記憶就會消失！」

又是這麼方便的嗎？看來未來也有很多便利的科技。

「當你回去後，會回復你的生活，但因為無限時空中的你全部已經死去，即是我們沒法準確預測你的未來，沒法預測你的時空會發生什麼事，全部都是未知之數。」亞伯拉罕說。

他說，已經去過我死亡前所有的時空，嘗試阻止我的死亡，可惜全部時空中的我，都會因為「奇異點」結算的影響而死去，只有我是唯一的例外。

「5A會暗中觀察你，同時我們也不會主動讓你回來這個未來的時空。」羅得里克說：「看看你可不可以自己再次回來。」

「就是這樣？」

「對，就是這樣。」

「好吧，我就做你們的白老鼠，幫你們做實驗，不過，報酬方面……」我說。

「報酬嗎？」羅得里克看了一看亞伯拉罕。

「如果你能夠回來，我們會給你在你時代用不完的錢。」亞伯拉罕說。

「真的嗎？」我立即精神起來。

「當然是真的。」羅得里克說：「我們都希望可以再見到你。」

「再見了，我的小鮮肉。」弗洛拉說。

話說完後，我立即回到了自己的房間，只餘下艾爾莎與基多圖。

「我何時回去？」我問。

「明天。」艾爾莎說：「之後你就不會記起這個時空，也不會記起我。」

「我要怎樣回去？」

「只要坐上一張*懷舊的理髮椅就可以穿越回去。」基多圖說。

「不會痛？」

「不會。」艾爾莎說：「你會回到被塞入馬桶之後的一天，即是會出現一個新的時空，新的時間線。」

「什麼也沒所謂了。」我想起有無限的金錢：「我一定可以完成任務！」

然後，艾爾莎與基多圖跟我微笑。

嘿嘿嘿，看來，我是世界上最幸運的人！

無限的錢……嘿嘿嘿……

……

…

.

早上，鹿頸公廁。

我感覺到有人拍打我的小腿。

「呀！！！」我突然驚醒。

「你是不是傻的？在公廁睡覺？」一個清潔阿伯用地拖頭拍我的小腿。

等等……發生什麼事？！

《就算可以改變未來，沒法減少痛苦傷害。》

*懷舊理髮椅，時空旅行原理請欣賞孤泣《戀愛崩潰症》、《你最近好嗎？》、《教育製道》、《劏房》等作品。

CHAPTER00003
回來
COME BACK

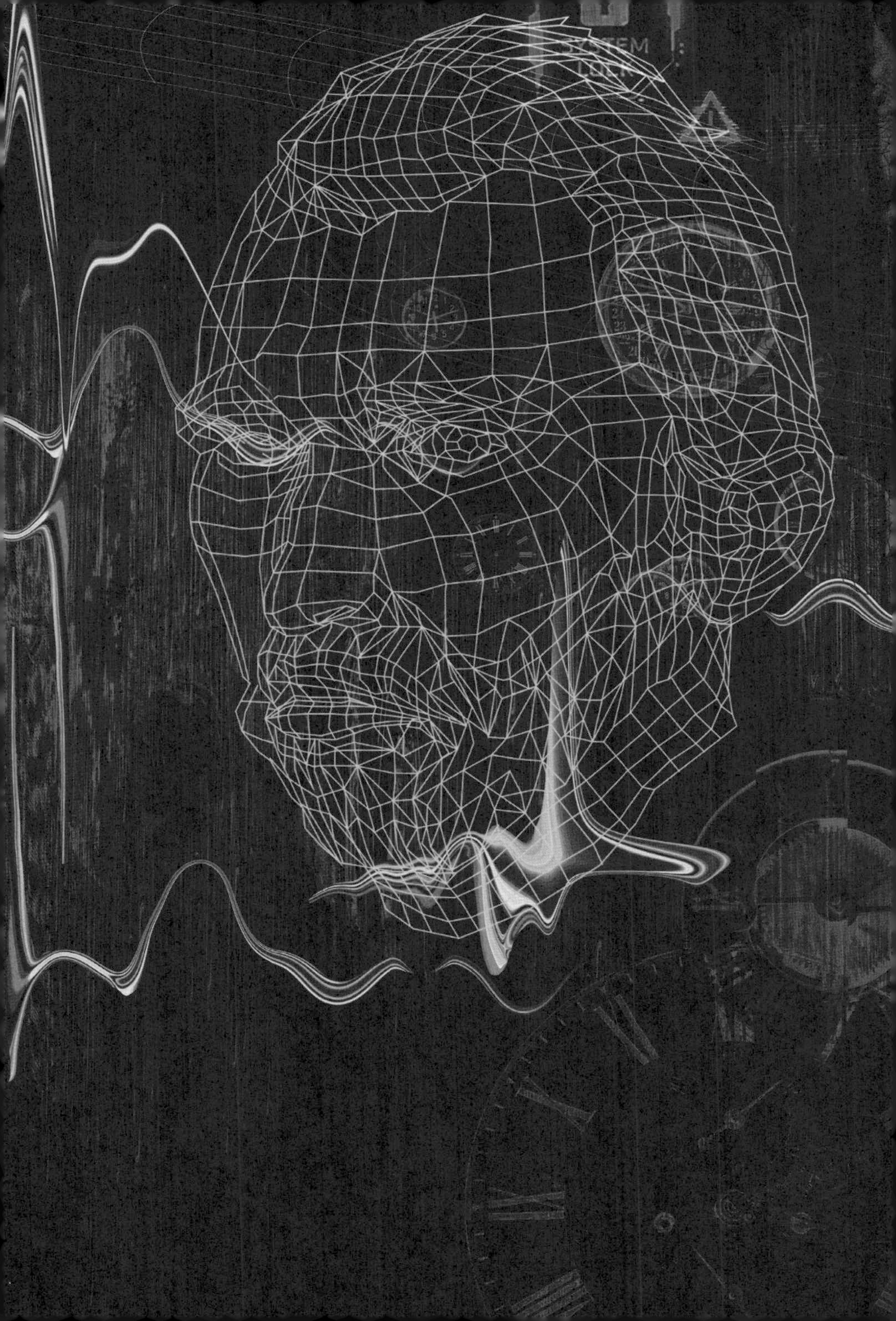
SYSTEM

CHAPTER00003 - 回來 COME BACK 01

我的一百呎劏房內。

我跟艾爾莎坐在床上。

我的記憶已經全部回來了，本來，艾爾莎不應該出現幫助我，也不能幫我回復記憶，不過現在她已經破戒了。

我看著手腕上的印，原來就是在未來使用的電腦裝置。

「剛才跟他們聯絡，吉羅德把我罵翻了！」艾爾莎說：「還好，司令說這也可能是『命運』的其中一個安排，所以讓我繼續觀察你。」

「之後我要怎樣做？」我問。

「根本就沒有人知道。」她指指床鋪：「因為這個時空從來也沒有出現過，我想我們就嘗試找出『異聞帶』然後回到未來吧。」

「時空旅行、瞬間轉移、清洗記憶、憑空隱形，媽的，未來真的方便。」我看著她：「不如妳教我隱形，然後我可以去錢行偷錢！」

「我不能再這樣，不然吉羅德一定會終止我的任務！」艾爾莎用手撥涼說：「說真的，你這裡真的很熱！」

「因為沒錢交冷氣費，我已經習慣了。」我說：「你之前還說想來香港生活？我想你一星期也捱不過！」

「不行，那是浴室嗎？」她指著床邊的廁所：「我想洗澡！」

「什……什麼？」

她沒等我說完，已經把上衣脫掉，然後就是那條短裙，展現出玲瓏浮凸的身材。

「很白……很滑……」我的口水快要流下來。

「水是怎樣開的？」她隔著玻璃說：「哈！原來是這樣！真的很古老的方法，在我們的時空……」

她一直解釋著在未來是怎樣洗澡，同時，我在……欣賞著她洗澡。

「嘰嘰……嘰嘰……」我的樣子猥瑣：「看來未來的人都不太介意裸體，嘰嘰……」

「你在看什麼？」她撥開了玻璃上的霧氣看著我。

「沒！沒有！」我尷尬地避開她的眼神。

「你也全身滿是汗，要不要一起洗？」她問。

「好！！！」我立即掩著嘴巴：「不……不了！！！」

一個妙齡少女叫我一起洗澡，而且還是處女……

「我怕自己控制不了自己。」我輕聲說。

「你說什麼？」

「沒……沒有！我說妳洗完澡後我再洗吧！太窄了！」

「啊，好的！」

時空，別要亂想，要冷靜！她不是有什麼性暗示，或者，是因為未來根本就沒有像我一樣胡思亂想的人吧。

她洗澡完後，坐回我的床上，全身也是沐浴露的香味。

「我很久沒用水洗澡了，在我的時代，都是用氣體清潔的，就像你上次一樣。」她用毛巾抹乾頭髮。

「哈哈……是嗎？哈哈！」

「啊？這是什麼？這麼硬的？」她突然說。

「硬？才沒有！沒有硬！」我反應過度。

然後，她揭開我的被鋪，拿起了一本小說。原來她是說書很硬……

「*《前度的羅生門》？！」她非常驚訝。

「怎樣了？」我說：「那天我經過書店買的，妳也喜歡看小說？」

「不！」

艾爾莎用一個誘惑的眼神看著我……不，是一個嚴肅的眼神。

「這個作者是我們時空中的一位預言家！」艾爾莎說：「他寫的只是小說故事，卻預言了真實的未來！」

「是這樣嗎？」我不以為意：「也許都是巧合吧。」

我才不相信什麼預言。

「其實對著你，我也有同樣的感覺。」她說：「你的名字叫隱時空，是不是有什麼巧合？」

啊？她這樣一說，我也覺得奇怪。

我父母已經死去多年，也沒法問他們為什麼要改我的名字做「時空」。

其實是跟現在我的處境有關係嗎？

《有時某種互相吸引，就在無意間發生。》

＊《前度的羅生門》，詳情請欣賞孤泣另一作品《前度的羅生門》。

CHAPTER00003 - 回來 | COME BACK | 02

晚上，艾爾莎跟我睡在同一張床上。

當一個全身散發著香味的女生睡在我身邊，我想十個有十一個男人已經忍受不了。

不過……

「你為什麼要背著我睡？」艾爾莎問。

「因為……因為我鼻鼾聲很大，不想騷擾到妳。」我說。

老實說，我腦海不斷出現不同的幻想。

「你們未來的人……都是一起睡的嗎？」我吞下了口水。

「對啊，我們『活動人』都不喜歡一個人睡在太空艙，不想像『意識人』一樣。」她說。

我開始明白，他們的生育率為什麼會這麼低，他們根本沒有那些慾望。

「早點睡吧，明天我們一起去找另一個『香港異聞帶』。」

她轉向我，她的身體碰到我的身體！

「不行了！」我坐了起來。

「怎樣了？」

「太……太熱了！」我走下床，來到雪櫃位置：「我睡在雪櫃旁邊！會涼快一點！」

「你真怪，有這樣的癖好？好吧，我先去睡了……」

是我有癖好嗎？黐線，她根本不明白我的用意！

雖然我不是什麼正人君子，不過，如果我向她「動手」，向一個什麼也不知道的女生動手，我跟那些仆街強姦犯有什麼分別？

「不行……不行……絕對不行……」

我內心在掙扎，疲累的我……睡著了。

……

……

．

第二天早上。

漢記茶餐廳。

「昨晚睡得真好！」艾爾莎說：「時空，為什麼你好像沒有睡過一樣？」

不就是因為妳……

「這個很好吃！在我的時空從來也沒有吃過！」她吃著港式西多士。

此時，漢記老闆走了過來：「空仔，你帶了美女來吃東西！漢叔今天就送妳一杯漢叔特製奶茶！」

「謝謝！」艾爾莎喝了一口：「很好飲啊！」

「當然！哈哈！」漢叔非常高興。

我跟他苦笑了一下，漢叔回去工作。

「其實在香港生活也不錯啊，食物好吃，人又好！」

「因為妳是美女。」我沒好氣地說：「妳只是來了一天，當然會這樣說吧。」

如果生得醜，會有同樣的待遇？

如果一直在香港生活，真的會覺得這裡很好？

不，絕對不可能。

我一直也覺得香港人去任何地方都可以生活，我們太強悍了，就如打不死的小強一樣。

在香港生活也死不去，或者，我去未來生活也一樣道理吧……

「對，今天要去哪裡？」她突然問。

「我也不知道。」我喝了一口齋啡：「其實，我根本就不知道什麼異聞帶的位置，不如妳跟我說在哪裡？」

「其實我也不知道，只知道異聞帶漏洞的確是存在的。」艾爾莎說。

「你們不是什麼也知道的嗎？時空旅行、瞬間轉移、清洗記憶、憑空隱形什麼都會，怎會不知道？」我說。

「不，因為你現在的時間線是從來沒發生過的。」她指指地下：「而且你在其他時空已經……」

「在馬桶中死去吧。」我苦笑：「沒有未來。」

「對！所以未來全部都是未知之數，就連我們『時空管理局』也沒法知道。」艾爾莎說。

「明白了。」我說：「快點吃吧，我們就四處走走看。」

「我反而想問你，你在公廁時有沒有出現什麼特別的感覺？」她問。

「特別的感覺？」我在思考著。

當天不是我自願去鹿頸公廁，而是背心鄭挾持我去的，當時我只想到要如何逃走，根本就沒有什麼特別感覺，只有驚慌。

真的沒有嗎？

「等等……」我努力地回憶起來：「當時，我好像有一種特別的感覺……」

《為了地位身份，誰不以貌取人？》

「是什麼感覺？」她問。

「我被拉入公廁前，我好像有一種……被電擊的感覺！」

「再詳細說明一下！」艾爾莎說。

「就好像把手指伸入插蘇頭，觸電的感覺！」我說：「因為當時我太驚慌，所以沒有太在意！」

「只要再出現這個感覺，也許就可以找到『異聞帶』的地點！」

「不過香港這麼大，我們要怎樣找呢？」我說。

「香港異聞帶」，就好像都市傳說一樣，說出來也不會有人相信，我又怎樣找出確實的位置？

「看來，只有一個方法了……」艾爾莎按下了手腕。

別人沒法看到她眼前的立體影像，只有我可以看到。

不久，她說：「找到了，就去找他！」

我看著在我眼前出現的人……

「才不要！！」我大叫。

「因為是他把你帶到公廁，也許他也跟你的事件有關！」

那個立體影像就是……背心鄭！

……

…

.

中環，國際金融中心IFC。

我跟艾爾莎來到了四十九樓的律師事務所。

「為什麼背心鄭會在律師事務所？」我問。

「資料說他走私古董，所以要找律師幫助打官司。」她說：「不過，這個時空都是從未出現過的，可能資料有誤也不定。」

背心鄭這個仆街，沒有一瓣是做正行的，應該早死早著，之後我就不用還錢了。

就在我們走進律師事務所時，跟背心鄭碰過正著！

他跟兩個手下呆了一樣看著我，然後大叫：「鬼呀！！！」

「大哥！對不起！我不是想你食屎的！對不起！」背心鄭不敢正視我。

啊？他們以為我是鬼魂？

「跪下來！」我說：「不然，我每晚都來找你！死纏住你！」

「是！」背心鄭跟手下說：「快跪！」

三個男人跪在律師事務所的門前。

「我真的死得很慘……」我蹲下來扮成鬼魂的語氣：「我也要你們跟我死得一樣慘！」

「不要！不要！」

「那我欠你的數……」我問。

「沒有！大哥你人也死了，我又怎追你錢？」他說。

「嘿，那就好了。」我囂張地說：「不然我一定會……」

突然！

我感覺到比之前更強烈的觸電感覺！

「呀！」我整個人像在發羊吊一樣。

「時空！」艾爾莎大叫著我的名字。

我不知道發生了什麼事，我捉住了艾爾莎的手……

同時，我們消失於背心鄭的眼前！

……

‥

．

背心鄭與兩個手下再次看到隱時空消失於自己眼前，他們互望。

「鬼呀！」

三個人一起大叫，立即逃離現場！

「隱大哥！別要再來找我！」背心鄭合十雙手對空氣說：「我最多燒三百億給你！求求你別再纏著我！」

兩個手下想乘升降機離開。

「還乘什麼升降機？走樓梯吧！」背心鄭大喝。

「這裡是四十九樓……」矮嘍囉說。

「死蠢！」背心鄭拍打他的頭：「你想被冤鬼纏身嗎？快走吧！」

他們三人立即走向樓梯，此時，正好在走廊撞到一個男人。

「死開吧！別擋住去路！」背心鄭回身看著他。

男人穿著全黑的大褸，他跟背心鄭對望了一眼。

「看……看什麼？我們走！」

那個男人的瞳孔是紅色的，背心鄭突然感到一份恐怖的寒意！

男人看著背心鄭離開，然後說了一句話。

「看來，愈來愈有趣了。」

《你不是怕鬼，你只是怕恐懼。》

CHAPTER00003 - 回來 COME BACK 04

IFC天台。

我跟艾爾莎消失後，來到了IFC的天台。

「為……為什麼會這樣？」我一頭霧水：「我全身出現了觸電的感覺！」

「應該是你不自覺啟動了手腕上的瞬間轉移功能！」艾爾莎也覺得奇怪。

我看著右手手腕上發出微弱的藍光。

「怎會這樣？」

「或者，現在就是你再次回去4023年的時候！」她高興地說：「你出現了觸電感覺，然後就是……瀕死狀態！」

「在這裡我又怎會有瀕死狀態？」我說。

「怎會沒有？」艾爾莎指著前方。

「不……不會吧……」

「跳下去就可以了！」她輕輕鬆鬆地說。

炒燶股票從IFC天台跳樓的笑話我也經常說，但我從來沒想過自己真的要從IFC天台跳下去！

「快去吧！」艾爾莎推著我。

「等……等等……」

我們來到了石壆前，我看著街上像螞蟻一樣小的汽車，心跳加速。

「我看過資料，IFC樓高四百一十五米，一共有八十八層，天台就是八十九樓了！」艾爾莎站在我身邊：「你跳下去一定會出現瀕死狀態！」

不只是瀕死狀態，是直接死亡！

「等等……應該有其他方法的，哈哈！」我的腳在震：「根本就不會有人在IFC跳下去，只是笑話！」

「不用怕！不會有事！一定會成功的！」她說。

「如果失敗呢？」

「那就沒辦法了。」

什麼叫「那就沒辦法了」？！

我的臉容扭曲，心跳像每秒跳動一千次似的，我想起了亞伯拉罕的說話……

「如果你能夠回來，我們會給你在你時代用不完的錢。」

老實說，我這條爛命，死了也沒有人會可憐，為什麼不放手一博？

「博一博單車變摩托！死就死吧！」我看著艾爾莎。

她對著我微笑。

然後，我雙手托著她的頭，用力地吻在她的嘴唇上！

她整個人也呆了。

「如果我真的死了，妳就是我最後見到的人。」我認真地說：「希望，來生再見……不，希望在未來再見！」

窮我也不怕了！死又有什麼可怕！

我二話不說，從IFC天台……

跳下去！

……

…

．

今天社交網頁的熱門話題，不是什麼碎屍案、虐待動物等等，而是……

「是不是瘋了？真的在IFC跳下來？」

「真懂找地方跳！」

「輪到褲穿窿，很快就到我了……」

「求上IFC天台方法，在線等。」

特別新聞報道。

「今天，一名男子從IFC天台墮下，死狀恐怖，暫時未知他是怎樣進入天台。這是香港開埠以來，最高的跳樓自殺案件，有網民甚至拿來說笑，說『他應該輸了很多錢』、『留名青史了』、『RIP IFC』等等。有人對此幸災樂禍感到不滿，發起了……」

《死了就是結局？或者現在才是開始。》

CHAPTER00003 - 回來 | COME BACK | 05

純白的房間內。

「為什麼這一次睡這麼久？」

「上次呢？何時才醒過來？」

「他睡眠的樣子蠻俊俏的。」

我聽到幾個人在我耳邊說話……

「呀！！！」我大叫。

艾爾莎、弗洛拉、亞伯拉罕三個人一起看著我。

「歡迎你回來！」艾爾莎說。

聽到她的說話，我才記得發生了什麼事，我從IFC天台跳下來，我……成功了！

「不過，又出現了其他的平行時空，你死得真慘，不是腦袋開花，就是支離破碎。」弗洛拉說：

「你要不要看看？」

「我不要！」我突然想到：「你說其他時空的我？為什麼會這樣？」

艾爾莎說過，我的時間線沒有未來，即是沒有其他的平行時空，但⋯⋯

「這也是研究的一部份。」亞伯拉罕摸摸自己的白鬚：「本來你的時間線不會出現其他的可能性，不過，就在你跳下來時，突然出現了無限個平行時空，最有趣的是，只有你一個人沒有死去，同時再次來到了我們這裡。」

我看著弗洛拉，她在「欣賞」著其他時空的我，跳下來後的不同死法，我心中寒了一寒！

「我成功回來了，快給我用不完的錢！」我跟亞伯拉罕說：「然後送我回去我的時空！」

「錢有那麼的重要嗎？」艾爾莎問。

「比我的命更重要！」我說。

在這個未來時空，金錢根本沒有什麼用途，不過在我生活的世界，沒有錢，屎也不是。

「好吧。」亞伯拉罕說：「我把你們時代的貨幣存入你的個人戶口，二十億美金足夠嗎？」

「夠！」我快樂得跳了起來：「不⋯⋯如果有三十億⋯⋯」

「好，就三十億吧！」

「哈哈！」我用力地擁抱著艾爾莎：「世界上沒有人會估到，跳一次樓可以賺到三十億！到時我要買車、買樓、買股票、買名牌⋯⋯」

我看著失望的艾爾莎。

「怎樣了？」我問。

「如果你以後再也見不到我。」她問：「你寧願要錢嗎？」

「當……」我想說當然，不過看著她失望的表情：「妳也可以來探我吧，我到時已經是億萬富翁，再不用住在我的劏房！」

「其實住在劏房也不錯，至少很親密的。」她說：「很幸福的感覺。」

我明白她的意思，不過，卻不覺得住在劏房會是一件什麼幸福的事。

我沒有回答她，只是拍拍她的頭。

「好了！我已經完成任務，你們就送我回去吧！」我高興地說：「還有，別要洗了我的記憶！」

他們三人一起看著我，沒有任何行動。

「怎樣了？」

「雖然你回來了，不過，我們發現了……」艾爾莎說：「我們再沒法把你傳回去。」

「什……什麼？」我的表情扭曲。

「讓我來說吧。」亞伯拉罕說：「你還是可以被傳送到其他時空，但沒法回到你本來的時空，暫時也不知道是什麼原因。」

「那就把我送回去我出生前的時空吧！」我提議：「我才不介意早點成為億萬富翁！」

「不行不行，除非是執行任務，我們不可以隨意把你送到其他的時空，這樣會破壞那個時空的秩序。」弗洛拉搔首弄姿。

「這代表了什麼？」我問。

「現在你不能回去，只能留下來了。」

什麼？！

《事與願違都是正常事，只因你的願望太白痴。》

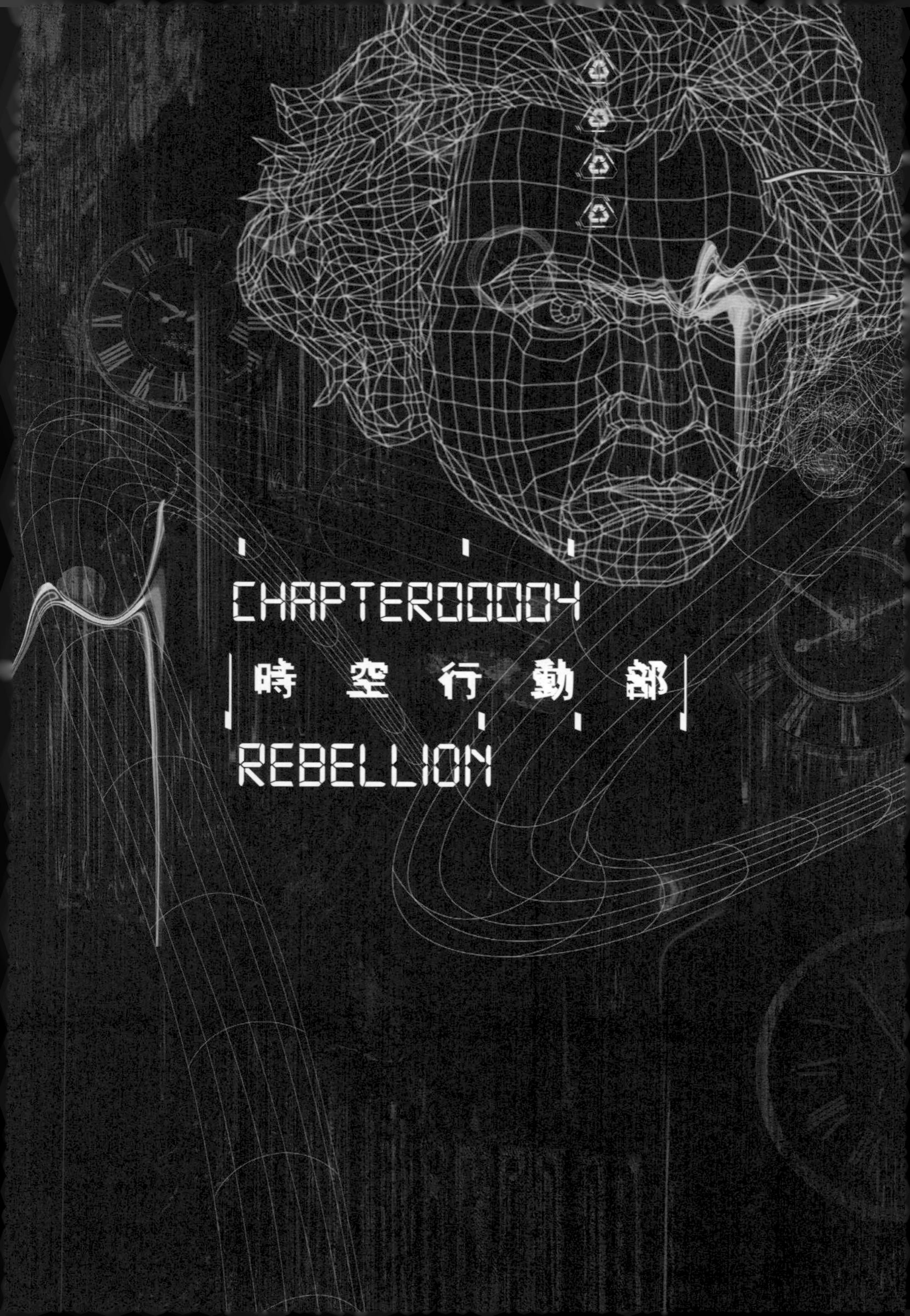

CHAPTER00004

時空行動部

REBELLION

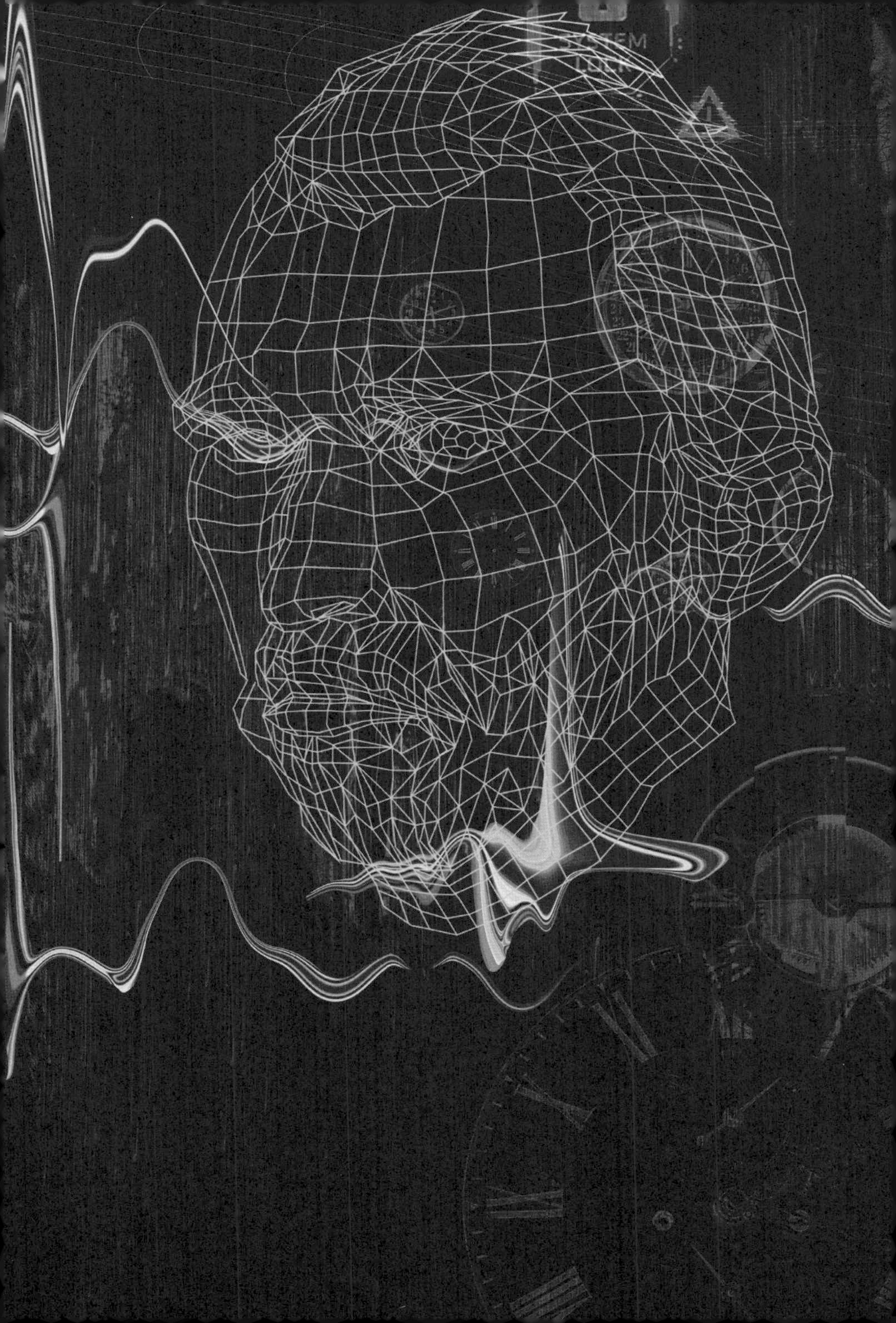
SYSTEM
LOCK

三天後，太空船的餐廳內。

他們吃的，有牛、豬、羊、雞，還有魚子醬、鵝肝、頂級吉品鮑魚，甜品是冰糖燉燕窩……

全部都是維他命營養丸。

「我想吃腸粉、燒賣、魚蛋……」我看著前面幾粒營養丸。

「都有啊！人類歷史以來，全世界的美食都有！」艾爾莎說：「魚蛋就在MENU的第五千四百三十九頁，第三百七十二行……」

「不！」我大聲地說：「我要吃真的腸粉！真的燒賣！真的魚蛋！而不是這些垃圾營養丸！」

在食堂的人都看著我這個外來的怪人。

「你終於明白我為什麼喜歡你所住的香港，嘻！」艾爾莎得意地說。

「妳還在笑？」我生氣地說：「現在我不能回去了！」

「議會還在審議你的情況，不過你也別要抱太大期望，他們不太可能讓你回去不屬於你的時空，破壞時空的秩序。」艾爾莎吃著營養丸：「這波士頓龍蝦真好吃！」

「我現在來到這裡不也是破壞時空秩序嗎？」我看著艾爾莎，在她的耳邊說：「不如妳帶我走吧，我們一起⋯⋯私奔！」

「什麼叫私奔？」她問。

「私奔指不顧家人與長輩反對，私自與戀人一起逃離各自家庭後自行結合。」一把聲音從白色桌面傳來。

一個像鹽樽的物體在說話！

「我是基多圖，我在太空船上可以是任何的物件。」它說。

「你是周星馳《百變星君》嗎？」我說。

「哈哈！很好笑的冷笑話。」鹽樽在發笑。

「基多圖⋯⋯」我一手把它拿起：「你想扮人一樣覺得好笑嗎？我跟你說，一點也不像人，而且完全不好笑！」

「戀⋯⋯戀人？」艾爾莎說。

此時，艾爾莎用一個呆呆的表情看著我。

「對，私奔就是這個意思。」基多圖說：「很明顯，時空在向妳表白自己的心意。」

「真的嗎？」艾爾莎用水汪汪的大眼睛看著我：「你想成為我的丈夫？」

「不⋯⋯」

唉……這個未來人與未來AI，是不是黐線的？

怎麼我覺得我才是最正常的人類？

至少，我不會吃一粒龍蝦味的白痴營養丸就覺得很好吃！

他們正在吵吵鬧鬧之時，在我們面前出現了一個立體影像，是行動部的吉羅德。

「艾爾莎、隱時空，吃完飯後來行動部找我。」他說。

「好！」艾爾莎突然變得認真。

畫面消失，我問：「他為什麼要找我？」

「我也不知道。」艾爾莎說。

「妳好像很怕他似的？」我追問。

「有嗎？才沒有！」

「因為吉羅德就是艾爾莎的父親。」基多圖說。

「基多圖別說了！」她有點尷尬。

她的父親？艾爾莎不是由蛋孵化出來的人嗎？

「吃飽了嗎？我們現在去見他吧！」艾爾莎說。

《曾經多重要的角色，都會變成你的回憶。》

這次沒有用瞬間轉移，從太空船的南面坐彈道子彈列車去行動部的總部，聽艾爾莎說，都是吉羅德的要求，他不喜歡用瞬間轉移。

在行動部工作，是一件非常光榮的事。因為行動部的工作，就是修改時空的錯誤，是非常神聖的工作。

「為什麼妳不加入行動部？會在特殊事件部？」我問艾爾莎。

「因為艾爾莎還未有資格。」基多圖跳上我的肩膊：「特殊事件部聽起來很好聽，不過其實就是你時代的保安員，不像執法的警察。」

「基多圖！」艾爾莎叫著。

我還以為艾爾莎是主管，應該也有一點地位吧，原來不是我想像的那樣。

很快我們已經來到了行動部的總部。

「就是……這裡？」我看著上方。

「沒錯！」

總部不在地面，而是懸浮在半空的一個巨型圓柱體，就像是一個純白色的曲奇餅罐一樣。

列車在巨型圓柱體下方停了下來，然後上方的天花板打開，光柱從高處落下，我整個人像坐升降機一樣向上升！

我們來到了正門，正門上方有一個巨大的投射影像寫著「時空管理行動總部」。

「歡迎來到總部。」一個機械人跟我們說：「請跟我們來，吉羅德長官已經在等待你們。」

「美露迪，妳今天又美了，哈哈！」基多圖跟機械人說。

「謝謝讚賞。」美露迪說。

「你又想扮人類撩女仔嗎？」我跟基多圖說：「不像，我一點也不覺得你是在搭訕。」

「我應該叫你師傅嗎？」基多圖說：「你拍過八次拖，三個因為你窮而跟你分手，三個因為你奇怪的性格而劈腿，兩個給你帶綠……」

「好了！別說我的黑歷史！」

奇怪地，我在意艾爾莎聽到後有什麼反應，不過，她來到行動總部後，就一直心不在焉。

乘坐升降機後，我們終於來到吉羅德長官的房間，跟我想像的完全不同，沒有華麗的擺設，看起來更像一個舊式的車房。

「來了嗎？」吉羅德在看著手上的資料：「坐。」

老實說，這個叫吉羅德的男人，看起來有點兇，不過，他是我在這個時空見過的人之中，最正常的一個。

我跟艾爾莎坐了下來，我感覺到艾爾莎有點緊張。

「他們兩父女是不是有什麼問題？」我輕聲問在我膊上的基多圖。

「其實你不想別人聽到你說話，不用輕聲說，你可以在腦中跟我說話的。」基多圖說。

「那麼方法呢？」我在腦中說。

「對，就是這樣！因為長官一直也很嚴厲，不讓艾爾莎加入行動部，他認為艾爾莎還是小孩，沒法執行重要的任務。」基多圖說：「五年前，艾爾莎自己擅自加入了特殊事件部，現在已經成為了主管，不過，吉羅德還是覺得她沒有資格成為行動部的隊員。」

看來就算在未來，親人的複雜關係還是沒有改變。

「那為什麼艾爾莎有五個老母，卻只有一個老竇？」

正當我問基多圖時，吉羅德說話。

「隱時空，明天開始你幫忙執行任務。」

「什麼？！」

《你為何分心？在意一個人？》

「為什麼是他？」艾爾莎比我更大反應：「我已經等了很多年！」

「議會決定把他交給我們行動部，他們想在隱時空進行任務時，在他身上收集更多的資料。」吉羅德說：「至於妳，就在這裡協助他完成任務。」

「我也跟他一起行動！」艾爾莎說。

「不行。」

「你還在針對我！」

「妳看妳現在是什麼態度？還是小孩嗎？這就是我覺得你沒有資格執行任務的原因！」吉羅德說：「別要像妳媽媽一樣，最後死在另一個時空。」

「媽媽才沒有錯！」艾爾莎雙眼泛起淚光：「她是為了救人才死的！」

「那就是錯！執行任務時不應該感情用事！」吉羅德大聲地說：「死了也不可惜。」

艾爾莎的眼淚已經流下。

「沒事妳先出去，有人會安排給妳協助任務的工作。」吉羅德看著手上的資料，沒有直視她。

艾爾莎也沒有再說下去，她轉頭就走。

「至於你，明天開始安排到第十三小隊，他們會跟你解釋任務的詳情。」他說：「真不明白，議會怎會把你這種麻煩人交給我們。」

「長官。」我微笑說。

「有什麼問題就問隊長和隊員，我只是跟你簡單交代事情。」吉羅德說。

「長官。」

「沒什麼事你可以出去。」他說。

「長官。」

「什麼事？」他放下了手上的資料，看著我。

「對了。」我跟他微笑：「跟人說話就是要看著對方吧。」

「你是什麼意思？」

我站了起來，雙手拍在桌上，雙眼有火：「我說，你不敢直視艾爾莎，像小孩的人是她，還是……你？」

「時空，別要說了！」基多圖在我腦中說。

「艾爾莎死老母，你卻說死了也不可惜？」我奸笑：「她沒有資格做任務？你呢？你連做人也沒有資格！」

吉羅德沒有說話，只是狠狠地看著我。

「總有一天，我要你跟艾爾莎道歉！」我大聲地說：「你看著吧，長……官！BYE！」

我說完後，頭也不回離開。

奇怪地，我覺得很生氣，而且覺得艾爾莎很委屈。

就在房間的門外，艾爾莎在等待我出來。

她雙眼通紅，不過卻在微笑，看來她聽到我跟吉羅德的對話。

「沒什麼！妳不用怕他！在我的時代，見過比他仆街一萬倍的人！別要怕他！」我說。

艾爾莎搖搖頭，她不是害怕，而是……

然後說了一句說話。

「時空，謝謝你。」

……

…

．

隱時空與艾爾莎離開後，吉羅德從桌下拿出一個相架。在這個未來時代，已經沒有人會用相架放相片，全部相片都已經數碼化。

這張相片，對於吉羅德來說是最特別的、最珍貴的、最……深愛的。

相中是執行任務的六個人，背景是海，船隻一艘又一艘被鐵鏈連著，船上高舉著「曹」字的旗幟。

相片中的六個人，其中三人在任務中死去，其中一個，就是艾爾莎的媽媽。

時間是建安十三年，即是公元208年7月，而他們的任務地點是烏林。

事件就是無人不曉的……*「赤壁之戰」。

「安琪拉，有個奇怪的男人對我們的女兒很好呢，妳覺得如何？」

他看著相片自言自語。

《比為你擔憂更好的，是為你分憂。》

*「赤壁之戰」，三國時代事件，東漢末年曹操南攻荊州之戰役，孫劉聯合軍勝利，曹軍潰敗北撤。

晚上，時空管理行動總部的宿舍。

我被安排住在宿舍。

我雙手放在後尾枕躺在床上，看著白白的天花板，什麼也沒有。

很寧靜，沒有汽車聲、沒有電視聲，甚至紅綠燈的聲音也沒有，我就像去了一個寧靜的伊甸園一樣。

「艾爾莎來找你。」基多圖說。

「進來吧。」

下一秒，她已經坐到我的床上，不同的，不是在我的劏房。

「你還不去睡？」艾爾莎問：「第一次執行任務，緊張嗎？」

「才沒有。」我說：「只是在享受著這裡的寧靜。」

「我已經知道任務的內容，我是你的後勤人員，如果你有什麼……」

「艾爾莎。」

「是？」

「妳媽媽是一個怎樣的人？」我不想說什麼任務，我只想知道她的故事。

她也躺在雪白的床上：「安琪拉。」

「妳媽媽的名字？」

「嗯，她是一個很勇敢的女人，甚至是行動部第一位獲得榮譽勳章的女性。」艾爾莎說。

她開始說出屬於她跟媽媽的故事。

其實，卵生人就是取出男性的精子和女性的卵子，再注入蛋內受精；而提供精子的男人就是吉羅德，提供卵子的愛得萊德、艾朵拉、愛爾柏塔相繼失敗，直至來到艾爾莎的媽媽安琪拉，終於成功，孵化出艾爾莎。

所以，安琪拉和吉羅德就是艾爾莎父母。

因為卵生人的生存率非常低，安琪拉對於艾爾莎更是愛護有加，艾爾莎小時候已經視媽媽為榜樣，希望長大後可以像媽媽一樣出色。

不過，剛好相反，吉羅德不想艾爾莎成為行動部的人，他總是說艾爾莎沒有能力成為隊員，所以艾爾莎一直又怕又恨這個從來也不看好自己的父親。

「安琪拉是怎樣死的？」我問。

「赤壁之戰。」艾爾莎說。

「三國時代的赤壁之戰？」我非常驚訝。

「對，當時安琪拉救了*周瑜的一個私生子。」

什麼？周瑜不是有大美人*小喬為妻嗎？竟然有私生子？

看來男人從古至今，在任何時代也沒有改變呢。

「那個十歲的男孩差點被虐殺而死，媽媽決定救了他，可惜，最後她被曹軍殺死。」艾爾莎說：「那個男孩本來就要死的，安琪拉不應該救她，不過，出於她內心的正義感，最後自己也犧牲了。」

「我覺得她沒有做錯，見死不救才是錯。」我說。

「你也是這樣想嗎？」艾爾莎看著我。

其實我也是一個會見死不救的人，不過，我覺得她媽媽並不是這樣的一個女人。

「最後，那個男孩被我父親殺死了。」她表情帶點悲傷。

「吉羅德殺了他？為什麼要這樣做？」我驚訝。

「因為如果男孩不死，就會影響了未來周氏的族譜。」她的手腕上出現了立體影像：「比如在你時代的人，男孩不死，他們就不會出生。」

立體影像中出現了……周潤發、周星馳、周杰倫！

當然，他們都只是同樣姓周，沒有任何親屬關係，不過在很多很多代之前，誰也不知道原來是有關的！

如果沒有周星馳的電影、沒有周杰倫的歌曲，對世界的影響真的非常大！

「妳媽媽是個勇敢的笨蛋，犧牲自己救了的人最後也要被殺，她真是個超級大白痴！」我說：「不過……她依然沒有做錯，甚至比任何人也更有人性。」

艾爾莎用水汪汪的大眼睛看著我，然後微笑了。

我也笑了。

我太不懂得安慰人，我只是說出事實。

其實還有一個事實，不過，我沒有跟艾爾莎說出來。

或多或少，我明白吉羅德為什麼不讓艾爾莎成為行動部的隊員。

因為這也是另一種愛她、愛自己女兒、保護自己女兒的方法。

《如果人沒有惻隱之心，就只會變成畜生家禽。》

＊周瑜，生於東漢熹平四年（175年），建安十五年（210年）逝世，享年35歲。

＊小喬，本姓橋，後世傳為喬。東漢建安四年（199年）12月，孫策與周瑜攻破皖城，得到橋公兩女，小喬為二女。

第二天早上，我來到了十三小隊，已經有三個人在這裡，兩男一女。

其中一個男人年齡比較大，其他兩個看似跟我差不多年紀。

他們都穿著一樣的外套，外套背面寫著……

「時空管理局」（TimeLine Restart）。

「隱時空你來了嗎？」男人大笑說：「哈哈！讓我來介紹一下，我是十三小隊的隊長金大水，他們是十三小隊的隊員，你們自己來介紹吧。」

「你好，我是……我是雪露絲，多多指教。」沒自信的女生說。

「竹志青。」另一個臭臉的男生簡單地說。

他們的性格也太明顯了吧，一看就知道了，金大水隊長樂天派、雪露絲自信不足隊員、竹志青看不起新來的我，是囂張型。

「你們好，隱時空。」我微笑說。

「另外艾爾莎會做後援的工作，她現在已經在控制室預備。」金大水說：「這次的任務危險程度是D，難度不高，不過，因為隱時空是第一次參加任務，大家也要多多幫助他。」

「是！」雪露絲舉起手說。

要這麼大動作，小學生嗎？

「如果你有什麼不明白，別介意，來問我吧。」雪露絲說。

「我是什麼也不明白。」我說：「我連做什麼任務？要做什麼？去什麼時空？什麼也不知道。」

「你沒有看昨天給你的資料嗎？」金大水問：「哈哈！沒關係，我來解釋一下！」

「浪費時間。」竹志青不屑。

「志青你別要這樣，時空只是第一次參與任務。」金大水說。

「這簡單的任務，其實我一個人也可以。」竹志青用一個鄙視的眼神看著我。

「時空參與任務，是議會的決定，而且把他分派到來十三小隊是因為……」

金大水想說下去，卻被竹志青打斷：「是因為我們是成績最差的一組，專門收容垃圾。」

「你說誰是垃圾？」我走向了他，他跟我差不多高。

「還用說嗎？」竹志青奸笑：「擺在眼前。」

「嘿，很好，像你這樣態度的人我見得多，不過在這時空也是第一次見，至少你是正常人。」我回敬他：「正常的賤人。」

「你才是怪人，什麼也不知道就來到這裡。」他說：「回去你的鄉下吧，土佬。」

「說『土佬』這兩個字真的超老套。」我說。

「說『超老套』這三個字比說土佬老套一百倍。」

「你是一千倍！」

「你一萬倍！」

「你們鬥嘴鬥夠了嗎？還是小朋友嗎？」

罵我們的人才不是金大水，更加不是沒自信的雪露絲，而是剛進來的艾爾莎。

「是他。」我指著竹志青：「先撩者賤。」

「你……」竹志青看見艾爾莎，沒有跟我鬥下去。

啊？不也是很明顯嗎？就連隊長金大水也不能阻止這個白痴說話，艾爾莎一句說話他就收聲了。

嘿，有點意思。

「莎莎，我很怕啊！」我走到艾爾莎身旁捉著她的手：「我第一次出任務很害怕！」

「不用怕，只是一個很簡單的任務啊。」艾爾莎拍拍我的頭：「你要連我那份也一起努力！」

我看著竹志青，他見到我們要好的關係，簡直是「眼火爆」。

他一定對艾爾莎有意思！

「艾爾莎妳也來了嗎？我們這個小組真的熱鬧！哈哈！」金大水高興地說。

「我來看看時空，因為他第一次參加任務。」她說。

「得到妳的愛心鼓勵，我整個人也精神起來。」我扮成神采飛揚，當然我的說話是在氣那個白痴竹志青：「不過，我們這次任務是什麼？」

雪露絲看著手腕下的影像：「時代是1885年的荷蘭尼嫩小鎮。」

「1885年？荷蘭？」我在腦中猜測著。

「我們要逼瘋一個男人，然後要他自己割下耳朵，讓他住進精神病院。」金大水說：「這個人的名字叫……文森．威廉．梵高（Vincent Willem van Gogh）。」

梵高？！！！

《先看懂一個人的性格，才有批評別人的資格。》

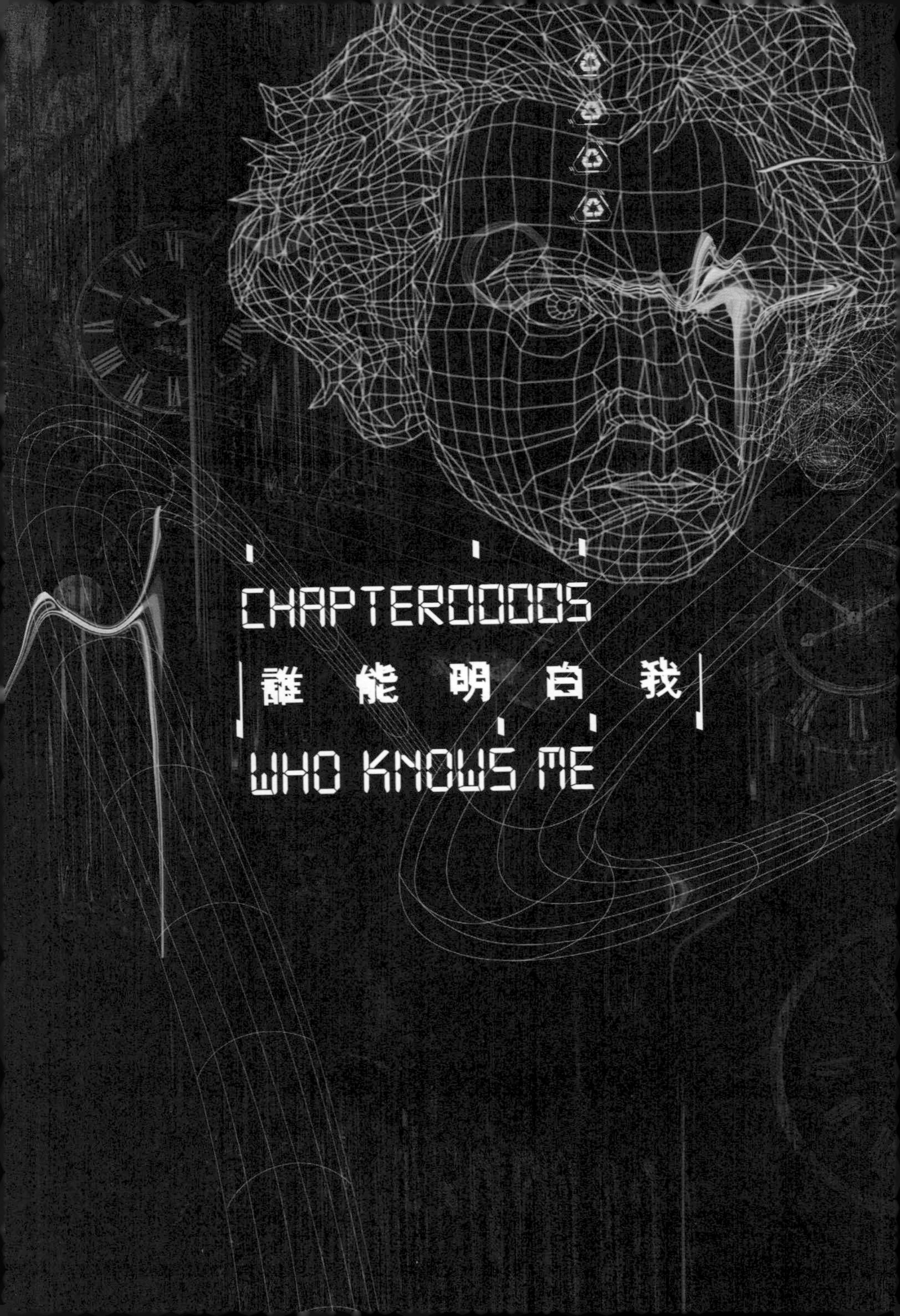

CHAPTER00005

「誰能明白我」

WHO KNOWS ME

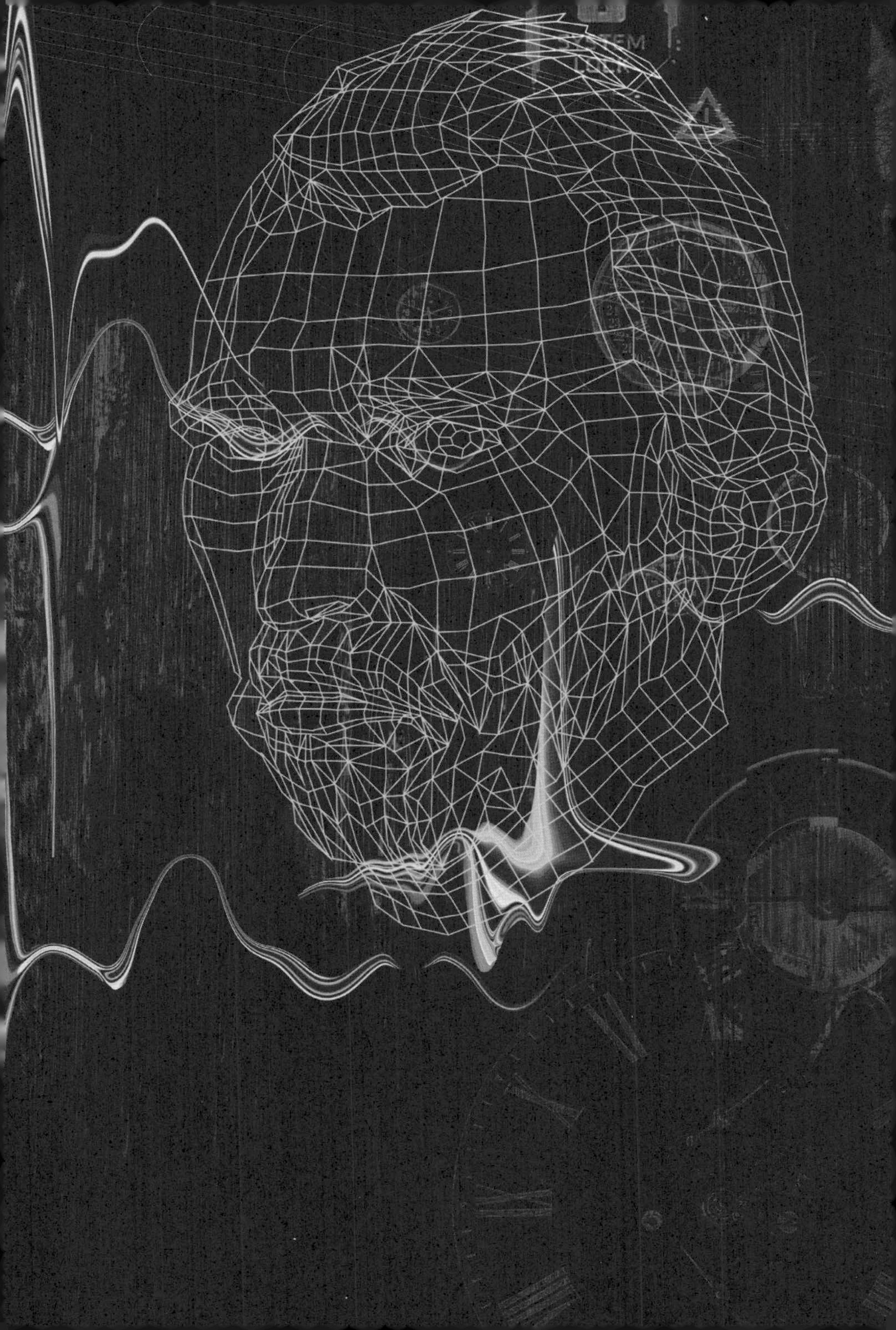
SYSTEM

CHAPTER00005 - 誰能明自我 | WHO KNOWS ME | 01

梵高。

我相信沒人不認識梵高這個人。

認識他都是因為他的畫太有名，我看過資料，1990年，他其中一幅為精神病院醫生保羅．嘉舍(Paul Gachet)所畫的畫像，創下了當時藝術拍賣品的最高價格，價值八千二百五十萬美金。

畫的價值是天文數字，但又有幾多人真正認識梵高這個舉世聞名的畫家？

「媽的，為什麼這些向日葵畫可以賣四千萬美金？」我看著梵高的一幅作品《花瓶裡的十四朵向日葵》。

「因為他是歷史偉人，而你只是歷史中的一隻甲由。」竹志青正準備出發。

「竹老兄，我開始懷疑你是不是愛上我，才會不斷揶揄我。」我笑說：「啊！不，你喜歡的人是艾爾莎才對！」

「你……」竹志青被我氣得沒法說下去。

此時，金大水走進了準備室。

「大家已經準備好了嗎？」他笑說：「這次行動不太困難，我暫時不需要參與，你們去接觸梵高，然後把他逼瘋就可以！志青去接觸他的弟弟西奧，因為是他幫梵高賣畫，雪露絲就去一年後的巴黎準備，阻止他的畫被賣出。」

「那我做什麼？」我問。

「新人啊！新人！」金大水搭著我的肩膊：「你什麼也不用做，就跟梵高本人接觸吧！」

「就這樣？」

「就這樣可以了，任務是不是很簡單呢？哈哈！至少不用去第一、二次世界大戰的戰場！」金大水說。

他繼續解釋整個任務。

因為「時空管理局」發現這個時空的時間線上出現了「漏洞」，梵高沒有自殺死去，後來還成為一個有錢的富人，這樣就會影響未來世界的藝術發展。

我們就是要阻止這事情發生，在「奇異點」時間結算前，把歷史改變。

「我們改變世界，讓世界不改變！」

金大水說出了「時空管理局」的宗旨。

「還有一點非常的重要。」金大水看著我：「我們不能在其他時空中表露身份，如果破壞規則，任務會被終止，甚至會被監禁。」

監禁？要這麼嚴重嗎？

「出發吧！」竹志青已經穿上了的外套。

「我也準備好了！」雪露絲說。

「等等……我們就穿成這樣去1885年？」我問。

「衣服會改變成當時的服飾，而且我們的說話，會自動換成當時的語言。」雪露絲說：「還有外表，都會有適當的轉換。」

「原來如此，真方便！」

「時空，你也準備好了嗎？」艾爾莎的聲音：「我會在這裡一直跟你聯絡！」

「好的！準備好！」我穿上了印著「時空管理局」的外套：「出發吧！」

這次時空旅行任務，我的確是有點期待的，究竟回到比我本身的時空還要早百多年的世界，會有什麼經歷呢？

「我們要怎樣回到過去？」我問。

還未有人回答，竹志青已經憑空消失！

「再見！」雪露絲說完後，也在我眼前消失。

同時，我身處的純白色環境全部消失，換成了農村一樣的地方！

「吽吽～」

我聽到牛的叫聲，在不遠處，還有人在耕田！

嘿，看來我已經來到了……1885年的荷蘭！

「朋友，你是誰？沒在小鎮見過你，是外來人嗎？」

此時，一把聲音從我身後傳來。

我回頭一看……

我怎會認不出他？我當然有看過他的自畫像！他就是……文森・梵高！

《每一個偉人的故事，也值得我們去深思。》

CHAPTER0005 - 誰能明白我 WHO KNOWS ME 02

現在的梵高，應該是三十二歲左右，他的衣服都很髒，在他的手中拿著一塊畫板。

他滿面鬚根，不修邊幅，可以看得出他的生活潦倒。

「哈哈！我最近才搬來尼嫩生活！」我隨便說。

「你住在哪裡？」梵高問。

我隨便指著一個方向。

「你住在山頭那邊的草屋？哈哈！沒想到有人還比我窮呢！」梵高大笑：「來吧！你應該沒好好吃過東西，跟我來！」

我看看自己身上，已經換成了當地農民的裝束，而且骯髒又破爛。

「艾爾莎，妳在嗎？」我自言自語。

「放心吧，我一直都在。」她的聲音從我的腦中傳來：「你的身體一切正常，只有心跳快了一點。」

「我現在要怎樣辦？」我問。

「要修改的時間線，在『奇異點』結算前是不固定的。」艾爾莎簡單地說：「我也不知道，你就隨緣吧。」

隨緣？

「小兄弟，還不過來！」梵高在遠處叫著我。

「來……來了！」

見步行步，死就死吧！

沒想到，梵高竟然會邀請我這個陌生人去吃東西，看來他蠻好客的。

歷史總是說他是一個沉鬱的人，而且畫風也非常壓抑，不過，又有幾多歷史是真的？有很多記載都只是像故事一樣，被人傳頌下去，根本就沒有人知道真正的歷史。

「我叫文森．梵高，你呢？」他一面走一面說。

「我叫隱時空！」我不知道他們翻譯成什麼，我只說出我的名字。

「你的名字真古怪，哈！」

我也跟他微笑。

「你是做什麼工作的？」梵高問。

「沒什麼，就是打雜，有什麼就會做。」我看著他手中的畫板：「你應該是畫家吧？」

「你……怎知道的？」他煞有介事。

不能表露身份，不然任務會被終止！我差點說漏嘴！

我指指他手上的畫板。

「啊！哈！對，我是一個畫家，不過我曾經是一個傳教士……」

他開始說出自己的故事，當然，我已經知道他經歷過什麼。

他曾經是傳教士，被委派到貧困的採礦工地向礦工傳教。他融入礦工的生活，本來穿著華麗的服飾變成衣衫襤褸，他甚至搬到貧民窟居住，每天只睡在草堆上。因為他想更了解貧窮的生活，他要在精神與肉體上跟礦工同在。

可惜，當福音佈道委員會的成員來探訪梵高，看到他衣衫襤褸便批評他。梵高一怒之下說他們才是偽君子，每天豐衣足食，穿著名貴的衣服，根本就沒法了解與幫助貧困的人，這才不是他想要的信仰。

然後，委員會一致認為梵高不適合擔任傳教士，梵高便離開了傳教士的工作。之後，二十七歲的他對畫畫產生了不能自拔的興趣。

他來到尼嫩，繼續埋頭苦幹繪畫，差不多四天就可以畫好一幅作品，他一直畫一直畫。

在我的時代，他就是不務正業，有點像我，不過他對繪畫的投入，根本就是……「病態」。

「畫畫沒法開飯呢。」我衝口而出。

「哈！你說得對，直至現在我已經在尼嫩畫了接近二百幅畫，不過……」梵高帶點失望地說：「一幅畫也賣不出，嘿。」

「黐線！你知道你自己的畫之後有幾值錢嗎？」

這句話，我沒有說出口，我知道不能說。

我只看著梵高那個表面微笑，內心痛苦的表情，或者，我明白他的感受，梵高最痛苦的，不只是賣不出自己的作品，而是……

沒有人懂得欣賞自己。

無論自己有多努力，也沒有人欣賞。

我內心非常同情他。

《當沒有人去欣賞自己，做任何事都白費心機。》

我們來到了一間草屋，草屋內有兩個女人、一個男人，還有一個小孩，他們在油燈之下用餐。

梵高介紹我給他們認識，大家臉上也掛著笑容，還請我吃東西。

「吃吧，這是馬鈴薯。」女農民把馬鈴薯給我：「我們沒有其他了，就只有馬鈴薯。」

「好……好的。」我看著她用骯髒的雙手，遞上了馬鈴薯。

雖然雙手滿是泥土，不過我感覺到一份人間的溫暖，他們很貧窮只吃馬鈴薯，卻願意跟我分甘同味。

我咬了一口大叫：「太好吃了！」

「好吃就多吃一點！」另一個戴著帽子的男人說。

香港什麼都有，卻沒有這一種分甘同味的「心」，或者，在香港，我餓死也沒有人理我。

我大口大口吃著馬鈴薯，我的眼淚快要湧出來，馬鈴薯只是很廉價的食物，卻是我吃過最好吃的食物。

突然，梵高把一頂帽子戴在我的頭上。

「你想做什麼？」我問。

「別要動！」他快速地拿出了繪畫的用具：「我要畫下這一個畫面！你們繼續吃吧！」

「大畫家就是大畫家！」女農民在呵呵笑。

我還沒有回答他，梵高已經開始聚精會神地畫畫。

也罷，我繼續吃著馬鈴薯，跟他們聊天。

原來他們不是一家人，只是一起在農田工作，那個小女孩沒有像我一樣上學，長大後只能繼續做農活。

我也不知道過了多久，大家也要回家了，梵高初步完成了他的畫作。

「讓我看看！」

我拿過了他的畫，左面的那個人就是我，不過我覺得一點都不像我。

「這個不太像我呢……」

「我是刻意畫得你們更醜陋，因為這才可以表現出那一份暗黑中的溫暖！」梵高高興地解釋。

我再看著他的作品。

「等等……」我好像在哪裡見過這幅畫，我大叫：「這是……*《吃馬鈴薯的人》？」

「這名稱真的不錯！就叫《吃馬鈴薯的人》吧！」梵高拍拍我：「時空，謝謝你給我名稱！」

我的手在震，現在我的手中拿著的，是價值連城，甚至是無價的名畫！顏料還未乾！

而畫中其中一個角色……就是我！

我不懂什麼叫「藝術」，不過，我感覺到梵高所說的暗黑中的溫暖。

「時空，天也黑了，來我家過一晚吧。」梵高說：「現在路太黑，你回去會有危險。」

「好……好的！」

「我也只是睡在草堆，不過，也許比你睡在地上更軟熟，哈！」他笑說。

他完全不似一個患有精神病的人，而且很友善，跟歷史描述的他完全不同。

是否他的情緒只會被自己的畫作影響？

我們一起離開了草屋，我看著他的背影，帶有一份莫名其妙的……悲哀。

或者，這就是一位偉大的藝術家，跟我這些普通人的分別了。

《內心的悲哀，都只因，現實的傷害。》

＊《吃馬鈴薯的人》，1885年梵高作品，收藏於阿姆斯特丹梵高博物館。

梵高的屋內。

「梵高，你是怎樣去洗手間的？」我問。

「大家也是男人，有什麼分別？」

「沒有分別嗎？」我再問：「你有沒有特異功能？」

「什麼是特異功能？」

「你是不是倒立睡覺？還是有學瑜伽？」

「時空，你怎麼說一堆我不明白的說話？」梵高問。

「沒可能的……」我在自高自語：「一個這麼偉大的畫家，一定有什麼跟別人不同的地方……」

「你說什麼？」

「沒有沒有！只是覺得你很特別！」我說。

「看來是你很特別才對吧？」其實梵高聽到我的說話：「你說我是偉大的畫家？根本就不是這樣。」

梵高說，他只是依靠弟弟西奧·梵高（Theodorus van Gogh）寄來的錢購買繪畫用品，每天只吃麵包，喝最劣質的咖啡，最好的，已經是吃農民種植的馬鈴薯。

「根本就沒有人欣賞我畫的畫，我是知道的。」他吐出了煙圈：「他們說我的畫太黑暗？他們根本就不懂！人類的內心一樣充斥著黑暗！」

「我懂。」我說：「的確是充滿黑暗。」

「你有怎樣的過去？」梵高問。

我看著快要熄滅的油燈，說出了自己的故事。當然，我被背心鄭追債變成了被這個時代的人追債。

「哈哈！被塞入馬桶嗎？真的太過份了！」梵高笑說：「也許我比你好，至少我還有弟弟幫助我，不然我也滿身債務。」

「文森兄，假如我跟你說，只是假如……」我小心地說話：「你的畫會在未來的日子非常非常值錢，你會相信嗎？」

「當然！我對自己的作品很有自信！」他說：「如果可以賣出好價錢，至少生活比現在更好！」

「我不是這個意思，我意思是，你會成為世上最偉大的畫家，你的畫將會成為舉世的名畫，價值可以買起三百個尼嫩小鎮，你覺得有可能嗎？」

我很想知道他的回答，他會是怎樣看呢？

「你說的未來，是說在我死了以後？」梵高問。

「對，很久很久以後。」

他想了一想。

「不！我才不要成為最偉大的畫家！我寧願現在有人賞識，至少生活會過得好一點，不用只吃麵包度日！」梵高帶點激動。

我很明白他的想法，賺大錢的人是那些炒賣畫作的炒家和有錢人，梵高根本什麼也沒得到。

或者，其他人也寧願被人一世歌頌，不過，對於一個窮得只能吃麵包的畫家來說，他寧願在世時，自己的作品可以被人欣賞。

有一個人欣賞也好。

我看著放滿了他房間的畫作……在這個時代一文不值的畫作，奇怪地，我突然感覺到一份莫名的傷感。

之後的幾天，我跟梵高一起到農村田野畫畫，媽的，我對藝術一點興趣也沒有，不過卻很喜歡跟這個潦倒的畫家聊天。可能是我的想法的確有一點像他，不過，我才不是什麼偉人。

我躺在草地，看著比我的時代更藍的天空。

奇怪了，為什麼艾爾莎一直也沒有聯絡我？

就在此時。

「時空！」艾爾莎的聲音。

「妳終於找我了！」我看著遠方專心畫畫的梵高：「我已經跟梵高成為了好朋友！」

「好朋友？」艾爾莎說：「也沒關係了，竹志青和雪露絲的工作已經準備好，可以進行下一步計劃。」

「是什麼計劃？」

「你要去到另一個時代……」艾爾莎說：「阻止別人買梵高的作品！」

《如果是你，真的想死後才被欣賞？》

CHAPTER00005 - 誰能明白我 | WHO KNOWS ME | 05

第二天早上。

「要這麼趕著走嗎？」梵高問：「還以為可以跟你多聊幾天。」

「沒辦法，老家的父母身體不好，我要回去照顧他們。」我隨便說一個藉口。

「那沒辦法了。」

「我們會再見的。」我說。

「之後我可能會去安特衛普和巴黎，找間美術學院上課。」他說。

「我知。」

「你知？」

「不，我說我知道你一定會在巴黎學有所成！哈哈！」我笑說：「再見了，文森老兄。」

我跟他擁抱道別。

你有抱過梵高嗎？我有，不過，我一點也不覺得高興，因為我知道在未來，他的故事會變成怎樣。

梵高會成為「安特衛普皇家藝術學院」的學生，然後，很快就會跟油畫的老師發生衝突，成為了十七位重讀學生的其中一位，最後他離開了藝術學院。

這個時代，根本就沒法接受這位天才的藝術。

雪露絲已經去到巴黎準備，跟想買梵高畫作的人聯絡，阻止了他們購買梵高的畫。同時，竹志青也找到梵高的弟弟西奧．梵高，表面上竹志青是支持梵高的作品，其實他是想毀了梵高的事業。

然後，把梵高逼瘋，讓他進入精神病院。

當你知道一位朋友的坎坷身世，你會幫助他嗎？

不，我是要……**摧毀他**。

跟梵高道別後，我離開了尼嫩。

「艾爾莎，其實真的要毀了梵高的一生？」我向著藍天說。

一個立體影像出現在我身邊，是艾爾莎：「對，這才是真正的歷史，他要在三十七歲死去，才會有後續的藝術史。」

「歷史真的這麼重要嗎？妳也看到吧，他真的是一位繪畫的天才。」我說：「為什麼他的人生要如此坎坷？享福的都只是後世人，公平嗎？」

「我明白你的感受啊。」艾爾莎說：「不過，別要掉入『憐憫』兩個字之中，不然就會像我媽媽一樣……」

「我明白了！」我伸了一個懶腰，替自己打氣：「好吧，之後我要做什麼？」

「1888年的法國。」艾爾莎說：「我來教你如何自行穿越時空吧！」

只要完成「每一頁」的任務，我就可以根據流程，去到另一個時空與地點，我要穿越的時空已經一早安排好。

不，應該說，整個任務的流程已經一早安排好，我不能去到九百年前，也不能去三千年後，當然，這只是任務的規定。

我在想，如果我不跟隨流程會怎樣呢？

「我覺得有一點奇怪。」我說。

「是什麼？」

「其實我的工作是什麼？」我說：「我的角色不是可有可無嗎？」

「我覺得是想你適應任務，同時，在你穿越時空之時收集你身上的數據。」艾爾莎說。

真的是這樣嗎？

「你現在做了我最想做的工作！你要給我努力！」她說。

「知道了。」

其實我也不知道需要努力什麼。

好吧，我現在向1888年的法國出發！

三年後的梵高，你要等我！

「我還未說新的任務是什麼，你為什麼這麼高興？」艾爾莎說。

「我只是想快點再見到他！哈！」

然後，艾爾莎說出了我之後的任務……

我瞪大雙眼，沒法說話。

《你是否也不幸，被人摧毀了一生？》

CHAPTER00005 - 誰能明自我 WHO KNOWS ME 06

1888年，法國南部的阿爾。

梵高租住在一間黃色的房子內，這間黃色房子成為了梵高的私人畫室。

梵高邀請了印象派畫家*保羅．高更（Paul Gauguin）同住，最初他們惺惺相惜互相欣賞，不過，每一位藝術家都有自己的觀點與脾氣，他們開始為了自己的藝術觀點而爭執。

尤其是梵高，多年來，「時空管理局」阻止了他的畫被賣出，他沒有放棄，仍相信自己的畫不是一文不值的。

可惜，就是沒人欣賞。

就因為這樣，梵高的情緒變得非常不穩定，而且脾氣變得暴躁，有時甚至幾天不出門，只在家畫畫。

高更已經覺得很厭煩，明明就是梵高邀請他來作客，現在梵高就像發瘋的病人一樣，不停畫畫、不停畫畫，完全沒有尊重他。

「向日葵你還畫不夠嗎？」高更語帶諷刺，拿起了其中一幅向日葵畫：「你現在只懂畫這些畫？我對你非常失望！」

「還給我！」梵高一手把自己的畫搶回來：「我畫什麼關你什麼事？！」

「每天都只在埋怨沒人欣賞你，你有沒有想過去迎合這個世界？」高更說：「你那些古怪的畫風，一點生氣也沒有！誰會把你的畫掛在家中？現在只是一堆垃圾！」

「你說什麼？！」梵高抽起他的衣領：「你說誰是垃圾？」

「我說你！只會依靠弟弟寄來的生活費度日，你知道自己只是別人的負擔？」

「我不是！我才不是負擔！」

梵高整個人蹲在地上，雙手插入髮根，不斷搖頭：「我不是……」

「我不想跟你再爭拗下去，我出門呼吸新鮮空氣！」高更說完便離開了黃房子。

「我不是負擔……我不是……」

為什麼梵高對「負擔」兩個字這麼敏感？

因為在早前，他收到了弟弟西奧・梵高的信，內容是說西奧即將要結婚，可能再沒法向他寄出生活費。西奧是唯一還會重視梵高的人，梵高感覺到非常擔憂。

他一直也埋怨西奧沒法把他的畫賣出，其實，他們兩兄弟並不知道，一切都是時空管理局的計劃，每當有人對梵高的畫作有興趣，他們就會用盡任何方法去阻止畫被賣走。

梵高的痛苦，出於他對自己作品的執著、對世界的控訴。從他不做傳教士開始，內心已經決定了不做偽善的人，但問題是，像梵高一樣真實的人，根本不能在這個虛偽的社會生存。

以前不可能，現在也不可能，未來也不可能。

現在他的心情，在他身體內的靈魂，像被火燒一樣痛苦。

梵高看著房子的窗，他有一份想……跳出去的衝動。

跳出這個不適合他生存的世界。

沒有人欣賞他的世界。

他哭了，放聲大哭了。

……

…

.

1888年，12月23日，聖誕節前夕。

香港從來也不會下雪。

我總覺得現在下的雪，比我的時代任何一個地方的雪更白。

對我來說，只是幾個小時前跟他見過面，不過對於他來說，已經是三年多之前。

梵高，你還記得我嗎？

我敲著黃色房子的門。

《問誰人不想快樂？卻只有痛苦感覺。》

＊保羅．高更（Paul Gauguin），生於1848年6月7日，1903年5月8日逝世，享年54歲。

沒有人應門，我輕輕推開大門，房間內全是他畫的畫，有《向日葵》、《黃房子》、《夜晚露天咖啡座》，還有一些臨摹日本浮世繪的作品，全部都價值連城。不過，在這個時代卻是一文不值。

油燈下，一個男人瑟縮在一角，他是梵高。

「沒有鎖門，所以我……」

我還沒說完，梵高抬頭用一個凶狠的眼神看著我。

跟三年前的他，不……

跟幾個小時前的他，簡直是判若兩人。

「還記得我嗎？隱時空，在尼嫩我們一起生活過幾天。」我微笑說。

他沒有任何的反應，還是用相同的眼神看著我。

「你還笑我名字古怪的，你記得嗎？」

「為什麼……你會來法國？」他問。

「哈！沒什麼，只是路過來探你。」

我隨便說出一個藉口，我看著他瘋瘋癲癲的樣子，我想我說什麼藉口也沒所謂了。

「你最近好嗎？」我說：「有沒有賣出過畫？」

我是有心這樣問他的。

「沒有！」他生氣地說：「你們全部人也不懂欣賞我的作品！根本不知道什麼是藝術！」

「那什麼是藝術？」我突然問。

他呆了一樣看著我，他沒想過我會問這個問題。

沒等他回答，我收起了笑容說。

「有人欣賞的才叫藝術，沒人欣賞的只會是……廢紙。」我繼續說：「賣到錢的才叫藝術，賣不到錢的都只是……垃圾。」

「我的畫不是垃圾！」梵高怒吼：「我不是垃圾！」

我的想法是錯了嗎？

不，請來反駁我，我錯在哪裡？

因為有個有錢人用高價買了畫，畫才會變成「名畫」？還是那幅畫真的是妙手丹青，讓人目不暇給，才會有價值？

有人用錢買叫「藝術」，沒人用錢買叫「垃圾」。

我不是在詆毀「藝術」這兩個字，我只是說出事實。

人類的世界，不就是這樣的嗎？

就如栩栩如生的《蒙羅麗莎的微笑》，如果是我畫的，我想，也只會被人當成……垃圾。

「我知道，我知道，你的畫不是垃圾。」我坐在他身邊，囂張地說：「不過，只有你一個人是這樣認為而已，你只是活在……自己的世界之中。」

我要把梵高弄到……崩潰。

「不是這樣的！我……」

我要怎樣才可以讓梵高完全崩潰？

我拿出了一幅……**由AI繪畫的梵高自畫像給他看**。

梵高看著那幅便宜得任何人也可以畫的AI畫，他整個人也呆了。

「怎可能的？是用什麼顏料？用色與陰影都美得不行……怎可能的？是誰畫的！快跟我說！快跟我說！」他非常激動。

「人工智能。」我說。

「人工……智能……」

「正確來說，是一個從來也不懂繪畫的人，用AI畫出了這幅畫。」我說。

那個不懂繪畫的人，就是我。

我只是輸入幾個關鍵詞，AI就畫出了這完美無瑕的自畫像。

我繼續說：「你看，這樣比較，你的畫是不是垃圾？比垃圾更垃圾？」

他看著接近完美的繪畫技巧，沒法說出下一句說話……

為什麼我要準備一幅AI畫的畫？

因為我要完完全全打擊他的自信心。

在他的眼中，這幅油畫妙筆生輝，根本沒有人可以畫得如此完美；但我們的眼中，梵高的畫作才是出神入化，畫中存在著他自己的「靈魂」一樣。

讓人歎息的，文森．梵高，只是……生不逢時。

「我有方法可以讓你畫得比這幅AI畫更有靈魂。」我說。

「是什麼？快說！」他急不及待。

然後……我說出了一個可怕的方法。

「割下你的耳朵，然後畫一幅自畫像。」

歷史中記載，梵高是因為跟高更吵架，才會割下自己的耳朵；又有人說，是他跟弟弟不和，才會割下。

那個才是真相？

真相一早已經埋沒在過去之中。

我把一把剃鬍刀交到梵高的手上，然後，我像魔鬼一樣說。

「這將會是一幅充滿靈魂的畫作！」

對著一個精神病患者，加上他看到我那幅AI畫，我已經不用再說更多。

他就像恍然大悟一樣，臉上出現了可怕的笑容！

他拿起剃鬚刀……

用力地割下自己的耳朵！

剃鬚刀不夠鋒利，他沒法一下就割下，他一面笑一面繼續用力割下去！

「哈哈哈哈哈！」他瘋狂大笑。

鮮血染滿他的衣服，還噴到我的面上。

我沒有一秒眨眼，看著他活生生把自己整隻耳朵割下！

這是我用來懲罰自己的方法……

梵高……對不起。

《魔鬼從來也不在現實出現，是在心。》

一星期後。

法國阿爾論壇廣場的咖啡店。

誰會想到，我現在就在梵高所畫的《夜晚露天咖啡座》中的咖啡館，喝著咖啡。

「時空只是第一次做任務，我覺得你做得很好！」雪露絲讚揚我。

「才沒什麼要誇的，我也可以讓他割下耳朵。」竹志青喝著咖啡。

「想到用AI畫刺激他，我覺得時空真的很厲害啊！」雪露絲說。

「性格要夠賤才可以。」竹志青說。

我根本就沒有把他們的說話聽入耳，我只看著比2023年早一百多年的法國大街。

他們覺得讓梵高割下耳朵是一件很光榮的事，但對我來說……一秒快樂也沒有。

「叫一個有精神病的人割下耳朵……」我說：「我的確是仆街。」

「你知道就好了。」竹志青說。

「不過，總好過有某人連自己是仆街也不肯承認。」我認真地對著他說。

「你說什麼？」

就在此時，大街傳來了吵鬧的聲音。

「他是瘋的！」

「黐線的才會割掉自己的耳朵！」

「你看他頭上包著繃帶，像個白痴一樣！」

街上的路人都在恥笑，因為梵高出現在街上，他手上拿著顏料，應該是剛去買繪畫的用具。

他的眼神空洞，完全沒有理會路人的冷嘲熱諷，一直走向自己的家。

「去死吧！」

突然，有人用石頭掉向他！

「瘟神！」

「別走過來！瘋子！」

破窗效應，其他路人也跟著用石頭、雞蛋、骯髒物掉向他！

「媽的！」我站了起來準備去救梵高。

竹志青捉住我的手臂：「你想做什麼？他要得到這樣的遭遇，才會進入精神病院。」

我緊握拳頭，只能看著梵高被人奚落、被人侮辱，什麼也做不到！

梵高被推倒在地上，繪畫用具灑到一地，他完全沒理會自己臉上被石頭打中的傷勢，只在拾回繪畫用具。

從他的眼中，我只看到……「我要畫畫！我要畫畫！」這幾個字。

「都是你害的。」竹志青說：「別要忘記。」

「不要這樣說好嗎？」雪露絲露出可憐的眼神：「我們也是在做正確的事而已。」

什麼才是「正確的事」？

這次是我首次覺得「我們改變世界，讓世界不改變」，這句說話，或者……是錯的事。

……

‥

．

梵高日以繼夜、夜以繼日繼續畫。

他完全忘記了失去耳朵的痛苦，他只全神貫注在自己的畫作之上，如入無人之境。

他終於完成人生中其中一幅最喜歡的作品……＊《包扎著耳朵的自畫像》（Self-Portrait with Bandaged Ear）。

畫中的他消瘦了不少，表情平靜，耳朵上有一塊白紗布，戴著藍皮毛帽，還有綠色的大衣，在他身後，還有一幅浮世繪的仿作。

這幅畫作，就是他的《包扎著耳朵的自畫像》。

「嘿嘿嘿嘿……」梵高笑了。

他笑得像瘋子一樣，沒有人明白他在笑什麼，只當他是一個已經完全瘋癲的男人。

或者，全世界只有兩個人明白他的感受。

一個是他自己，而另一個就是……隱時空。

後世人都在頌讚梵高的作品，但又有幾多人真正明白在生時的他，有多痛苦？

梵高，笑著流下眼淚。

兩個月後，梵高在三十多名鎮民的聯署下，警察強行把他送到醫院接受治療。

同年五月，他入住阿爾三十公里外，位於聖雷米的……聖保羅精神療養院（Maison de Santé St-Paul de Mausole）。

《你不覺得別人痛苦，因為你不明白別人痛苦。》

*《包扎著耳朵的自畫像》，1889年梵高作品，收藏於科陶德美術館。

4023年，十三小隊控制室。

「怎會這樣？！」隊長金大水非常緊張。

同時，艾爾莎也匆忙來到了控制室：「發生了什麼事？」

「我……我也不知道！」金大水大叫：「突然就失去聯絡了！」

「他……去了哪裡？」艾爾莎問：「他最後出現的時間點是在哪裡？」

「1890年1月！」金大水說：「這次麻煩了，我沒安排他去這個時間線！」

艾爾莎想起了曾教他如何穿越時空……

「隊長，讓我去找他吧！」她說。

「但長官不讓妳執行任務……」金大水在猶豫著。

「隊長！只有我可以找到這個麻煩人！相信我！」艾爾莎說：「別要跟總部匯報這件事，不就可以了嗎？」

金大水想了一想：「好吧！」

他們在緊張什麼？

沒錯，那個「麻煩人」就是隱時空，他離開了任務的時間線，去到1890年1月的比利時，

然後……隱時空失蹤了。

沒法聯絡？是出現了什麼危險？

一直以來，行動部都依照計劃而行事，很少會出現這樣的情況，艾爾莎擔心時空的安危。

「艾爾莎，現在妳馬上出發！」

……

…

·

1890年，比利時布魯塞爾。

那邊廂非常焦急，這邊廂卻非常休閒。

隱時空正在喝著咖啡。

「你的手為什麼會受傷的？」她問。

「沒什麼，被一隻野狗咬到了。」男人說。

「野狗？」

這個女的叫*安娜．博奇（Anna-Rosalie Boch），是一位畫家，也是藝術團體Les Vingt的唯一一位女性，她喜歡收集同時代畫家的作品，也是一位藝術收藏家。

而那個被「狗咬」的男人，就是隱時空，他的右手受傷，安娜．博奇正替他包紮。

為什麼金大水沒法追蹤到隱時空？

因為他用自殘的方法，把手腕上的裝置拆下。他來到這個時間線後，不想被他們追蹤，所以才會這樣做。

但問題是，他為什麼不想被追蹤？

因為他將會做的事，跟本就跟任務無關，他只想在梵高自殺前，為他做一件事。

一件「非常重要的事」。

無疑，梵高只是見過他兩次；不過，時空已經把梵高當成了「朋友」。

一個過去的好朋友。

「好了，我們現在就出發吧！」時空高興地說。

「不用這麼急，還有……」

「沒有了。」時空搖搖頭認真地說：「沒有時間了。」

時空為了他的「支線任務」，讀過了安娜．博奇的故事，他知道她最喜歡直接的人，所以時空很快就得到她的信任。

「好吧，現在出發。」安娜·博奇說。

他們的目的地，就是在布魯塞爾舉辦的展覽會，而在展覽會中，就有幾幅他「朋友」的作品。

很快，他們已經來到了展覽會現場，除了會場的佈置，到來的人都非常有藝術氣息。

隱時空在其中一幅畫前停了下來，他看著一幅畫，百感交集。

這是梵高的作品，名為*《紅色葡萄園》。

在歷史記載中，這是梵高一生中，唯一一幅賣出的畫。

「我想買下這幅畫。」隱時空問：「要多少錢？」

「40法郎。」藝術館的職員說。

「我給你400法郎買下它。」時空說。

「400法郎？好的！謝謝你！」職員高興地說。

「別忘記，要跟其他人說，梵高的畫作可以賣出高十倍的價錢。」時空吩咐。

「我知道！沒問題！」

400法郎，在2023年大約是450美金，梵高的畫只值450元？在那個時代，可能已經是很高的價值，不過，現在這幅畫已經要用「億」去計算。

「朋友，你很有眼光。」一個男人走了過來說：「我也很欣賞這幅作品。」

「看來你也很有眼光呢。」時空高興地說：「不過，你是誰？」

「我叫*克勞德．莫奈，也是一位畫家。」

克勞德．莫奈（Claude Monet）？！印象派的創始人之一！黐線，這次隱時空連莫奈也見到了！

他跟莫奈微笑，掩蓋著驚訝的表情，然後，他們一起看著梵高的畫作。

欣賞著梵高一生之中，唯一賣出的畫。

也許，在這個時代，除了梵高自己，就只有他們兩人懂得欣賞梵高的作品。

不久，莫奈離開，時空跟安娜．博奇說：「這幅畫我送給妳。」

時空用一個情深的眼神看著她。

「真的嗎？」安娜．博奇又驚又喜。

「不過……」時空笑說：「妳先要借400法郎給我，嘿嘿。」

本來在這幅名畫之下，氣氛是很浪漫的，不過，隱時空還是一個……無賴。

《懂得欣賞你的人，別要介意他身份。》

*安娜．博奇（Anna-Rosalie Boch），生於1848年2月10日，1936年2月25日逝世，享壽88歲。

*奧斯卡-克勞德．莫奈（Oscar-Claude Monet），生於1840年11月14日，1926年12月5日逝世，享壽86歲。

＊《紅色葡萄園》，1888年梵高作品，收藏於莫斯科普希金博物館。

離開展覽會，我跟安娜道別後，一個人坐在附近的草地上。

我看著白雲在天空上飄浮，微風打在我的臉上。

嘿，一個畫家，怎可能在死前沒賣出過任何一幅作品呢？

「文森兄，這是我對你最後的敬意。」我對著天空說。

「我就知道你來了這裡。」一把熟悉的聲音。

是艾爾莎，她坐到我身邊。

「妳怎樣找到我的？」我問。

「知道你穿越的日子，我就知道你會來展覽會。」她說：「隊長很緊張，怕你有什麼危險。」

「還是妳比較緊張？」我笑說。

「當……當然緊張你，因為我是你的後援！」艾爾莎說：「其實你來這裡做什麼？」

「沒什麼，就是來做應該要做的事。」

艾爾莎看著我手上的繃帶：「從來也沒有人像你這樣，竟然把裝置拆下來。」

「因為我不是妳時空的人，我才不怕被責罵。」我說：「啊？妳不是不能參加任務的嗎？」

「我學你了，嘻嘻！」

我們互望笑了，然後一起看著天空。

「我知道你很擔心梵高，不過，任務就是任務……」艾爾莎說。

「我知道，我會把任務完成的。」我說：「一定會。」

終於來到任務的最後一步。

了解到梵高坎坷的身世，我覺得自己也不算太可憐，就像梵高一樣，死後才有人欣賞他。

我們生活得很痛苦嗎？

過去的歷史中，比我們痛苦一百倍的，大有人在。

我再問自己一次……**我們真的生活得很痛苦嗎？**

此時，艾爾莎已經把我手腕的傷勢治理好。

不到一秒，金大水的影像已經在我面前出現。

「時空！你去了哪裡！」

「我不就在這裡？好吧，有事之後再說吧，我現在出發完成最後的任務。」我說。

然後我按下治理好的手腕，消失於空氣之中。

……

…

．

1890年7月27日，法國北部。

梵高在聖雷米的精神療養院住了一年多後被放出來。

他已經好了嗎？才不，只是因為當時床位不足，還沒有好轉的他已經被人趕走。

在這一年多的時間，梵高畫了《囚徒之圈》、《在永恆之門》，還有《星夜》這些世界知名的畫作。

我來到了種植麥田的農舍。

梵高一個人在自言自語，我不知道他在說什麼，只知道他的精神非常不穩定。

「我……我一定可以……可以成為偉大的……」

在他的手上，拿著七毫米口徑的左輪手槍。

「我要離開這個世界……我要離開永遠的痛苦！」

他的手在顫抖，汗水滴在手槍之上，然後……

他向著胸膛準備開槍！

《當痛苦成為過去，過去就不再痛苦。》

一秒過去……十秒過去……三十秒過去……

梵高沒法扣下機板，他全身在顫抖。

「原來……我連死也沒有勇氣，嘰嘰嘰……」他瘋了一樣傻笑。

「你一定要死！」我從草堆中走了出來：「不死不行！」

「是……你？」梵高帶點驚訝地看著我。

「對，是我！」我說：「你一定要死，才會有人欣賞你的作品！」

他呆了一樣看著我，不明白我的意思。

「你曾經問過我……」梵高的表情痛苦：「寧願死後才會成為偉大的畫家，還是現在有人賞識我……」

梵高流下男兒淚，是一種藝術家不甘心的眼淚。

「我想有人欣賞我的作品！我很想！」他歇斯底里地說：「我才不要死後才有人懂得欣賞我！我不要！」

我抱著他，他在我的肩膀上痛哭：「我明白你的感受，我真的明白……」

沒有任何尊嚴，一直也被別人當成異類，沒有人懂得自己，生活潦倒受盡奚落，有時連吃飽也沒法做到。

我完全明白他的感受。

「如果可以，我不想依靠我弟弟！如果可以，我不想被人當成瘋子！如果可以……」

他在發洩著十多年來痛恨世界的情緒。

「如果可以……我想離開這個世界……」

然後……他把手中的左輪手槍交到我手上。

「不……不行……」我已經明白他的意思：「我不可以……」

「求求你……」梵高低下了頭：「求求你幫幫我！幫幫我！」

我拿著手槍，很重。

不只是手槍的重量，還有其他無形的沉重。

歷史說梵高是自殺的，不過，又有誰知道他真的是自殺？

歷史說梵高只賣出過一幅畫，不過，又有誰知道，其實他可以賣出更多的畫作？

所有歷史都是由人類所寫的，根本就沒有人知道真偽。

我看著梵高，他在苦苦地哀求著我，我知道他自己沒有勇氣自殺。

「時空，如果你下不了手……」艾爾莎在我腦海中說。

「不，我可以。」我堅定地說。

然後，我把手槍指向梵高的胸膛……

「梵高，對不起！」

「砰！」

一下響亮的槍聲，子彈打進了他的胸前，他的身體噴出血水，倒在麥田之上！

「我……我……殺了梵高……是我殺了梵高……」

這是我第一次……殺人。

真真正正用手槍殺人！

我滿身汗水，看著梵高一動也不動。

「時空……」艾爾莎說：「別要責怪自己，這是任務……」

任務嗎？為了任務，我竟然殺了他？

我是不是做錯了？

「不行……不行不行不行不行不行！還是不行！」我丟下了手槍，然後把梵高抬到背上。

「你要做什麼？任務已經完成了！」艾爾莎說。

不行！梵高還是不能死！

他只有三十七歲！誰會知道他在三十七歲之後的人生會變成怎樣？

可能會比他死去變得更偉大呢？

誰也不會知道！

「不行！」

我把梵高抬出了麥田，他的血水已經流到我身上，把我的衣服染成紅色！

「梵高！對不起，你別要死！我反悔了！我不能讓你死去！」

《後悔莫及的感受，比死更難受。》

我抬著他來到了一間旅館。

「醫生！有沒有醫生！」我大叫。

旅館內的人全部都在看著我，還有奄奄一息的梵高。

「快救他！他中槍了！」

旅館內有一位醫生，他替梵高做了一些應急處理，不過，他手上沒有工具，沒法替梵高取出體內的子彈。

而且醫生正好收到一封從家鄉寄來的信，因為家母快死去，他要立即回去。

「他還未醒來，你這樣就走？」我用力捉住醫生的手。

「我家母也快不行了，所以……」

「他是梵高！文森．梵高！」我大聲地說：「你要救他！」

全場人也一起看著我，在這一刻，梵高只不過是一個貧窮的畫家，根本就沒有人重視他的生死！

我回到梵高的房間，看著昏迷的梵高：「別怕！我可以去其他時空找人來救你！你等我！」

我已經知道穿越時空的方法，沒問題的！我一定可以救他！

「等等……為什麼……」

當我按下手臂的裝置，但為什麼我沒法轉移？！

「你鬧夠了沒有。」

此時，一把聲音從房間外傳來，他是竹志青，還有雪露絲。

「隊長已經暫時取消你裝置上時空轉移的運作。」雪露絲略帶痛苦。

「為什麼？！」我想了一想：「等等……醫生收到的信……不會這麼巧合的……」

「對，都是我安排的。」竹志青說：「現在沒有人可以救他了。」

「不行！你們快救他！快救他！」

「明明就是你開槍的。」竹志青說。

「我……我反悔！」我不斷搖頭：「我不想他死！我想清楚了，我……」

「啪！」

一下掌摑的聲音，艾爾莎突然就在我眼前出現，她狠狠地摑了我一巴。

「時空！這是歷史！你不能改變！」我第一次看到她這麼認真：「梵高在『奇異點』結算前，一定要死去！這才是真實的歷史！」

「我……」

「你來到這裡就是要改變世界，讓世界不改變！你不要忘記！」

艾爾莎再三提醒，我……我……我終於冷靜了下來，全身滿是汗水，坐在地上。

「梵高在三十七歲就要死，就算他活過三十七歲，都會是痛苦的人生，不會改變的。」艾爾莎說：「我不是說我們可以看到他的未來，而是從他的生活、他的性格中已經可以知道，他活在這個時代，只會活在痛苦之中！」

我沒法反駁她。

「別要期盼梵高在三十七歲之後會有一個快樂的人生，不會的。」艾爾莎摸著我被她打臉頰：「你是知道的！你最清楚的！不是嗎？」

艾爾莎……沒有說錯……

「我……我明白了。」我低下了頭：「可以讓我多留下幾天？」

「可以的，只要你不再亂來。」金大水的影像出現在我眼前：「兩天後，『奇異點』結算，梵高就要死去。」

我點點頭。

「時空，我明白你的感受的，真的明白，就像我媽媽一樣！不過，你沒有做錯事，別要太介懷。」艾爾莎說。

我拍拍她的頭：「知道了，我不會再亂來。」

「乖！」她又變回可愛的艾爾莎。

我不接受也不行，如果我是梵高，也許都會選擇結束自己的生命。

自殺不對嗎？

或者，這就是命運，是我的命運，也是……

梵高的命運。

《誰人一生沒有傷害，其實命運早有主宰。》

CHAPTER00005 - 誰能明白我 WHO KNOWS ME | 13

7月28日，梵高醒來，不過已經奄奄一息。

「時空……你在嗎？」他在床上說。

「我在！」我說。

「沒有人可以救我了……」

「不……」

「不是你的錯……這是我的決定。」梵高想爬起來，我扶起了他。

「我想在死前……畫生命中最後一幅畫，你能多幫我一次好嗎？」梵高問。

「可以，我幫你拿畫筆工具。」

「不，我要你幫助的不是這些……而是……」

有人說，梵高一生最後畫的一幅畫是《樹根》，又有人說是《麥田上的烏鴉》，不過，都是錯的。

梵高最後畫的一幅畫，不是什麼風景，而是一幅畫像。

「**隱時空的畫像**」。

因為他的槍傷，沒法用畫筆揮灑自如地畫畫，他用了一整天的時間，畫了我的畫像。

一個畫家要多愛畫畫，才會在死前最後的時間還要在畫畫？
梵高，就是這樣的一個瘋子。
一個偉大的瘋子。
我看著他畫我的畫像苦笑：「比《吃馬鈴薯的人》中的我更醜，嘿。」
「多謝讚賞。」他也笑了。
也許，在他人生最後的時間，比他生存時的任何時間更清醒……更快樂。
「有沒有煙？」他問。
「有！」
然後，我們兩人點起了香煙，一起抽著。
也快死了，抽根煙又有什麼關係呢。
我跟他一起吐出了煙圈，看著他最後一幅作品……
一個正在微笑，卻流下眼淚的男人。
他說這幅畫命名為……
《流下眼淚的好友》。

……

…

.

7月29日，凌晨。

梵高最終因傷口感染去世，享年三十七歲。

……

…

.

7月30日。

梵高葬於瓦茲河畔歐韋爾的公墓。

到場的人就只有十多人，大家的眼神都充滿了悲傷與痛苦。我在遠遠看著他們，不同的，我的表情沒有痛苦。

我微笑著。

是因為知道梵高死後，他的作品將會流傳萬世？還是因為我跟這個偉大的畫家在有生之年，成為了朋友？

我自己也不知，我只知道，我覺得很高興。

就算是我親手殺死梵高，也很高興。

「變態，嘿。」我在苦笑。

誰能明白我？

我知道，在他的內心一直也問著這個問題。

老兄，我明白你。

他曾在書信中寫過……

"I don't know anything with certainty, but seeing the stars makes me dream."

「我不知道世間有什麼是肯定不變的，我只知道星星讓我繼續做夢。」

老兄，你現在已經成為「肯定的不變」，跟著星星繼續做你的繪畫夢。

文森．梵高，你將要成為「神」一樣存在的偉大畫家。

「時空，時間差不多了。」艾爾莎在我身邊說。

「好，走吧。」我說。

「還有一件事要做呢。」她笑說。

「知道了，知道了。」

我拿出火機，把梵高最後畫的一幅畫《流下眼淚的好友》……燒掉。

因為歷史中，從來沒有這幅畫的存在。

我看著畫被火焰吞噬著。

歷史上沒有，不過，這幅畫永遠會在我的心中。

直至永遠。

……

…

.

「*文森．威廉．梵高，D級任務，完成」。

《無論身處在那個時空，你永遠活在我的心中。》

*文森．威廉．梵高（Vincent Willem van Gogh），生於1853年3月30日，1890年7月29日逝世，享年37歲。

CHAPTER00006

「叛亂者」

REBELS

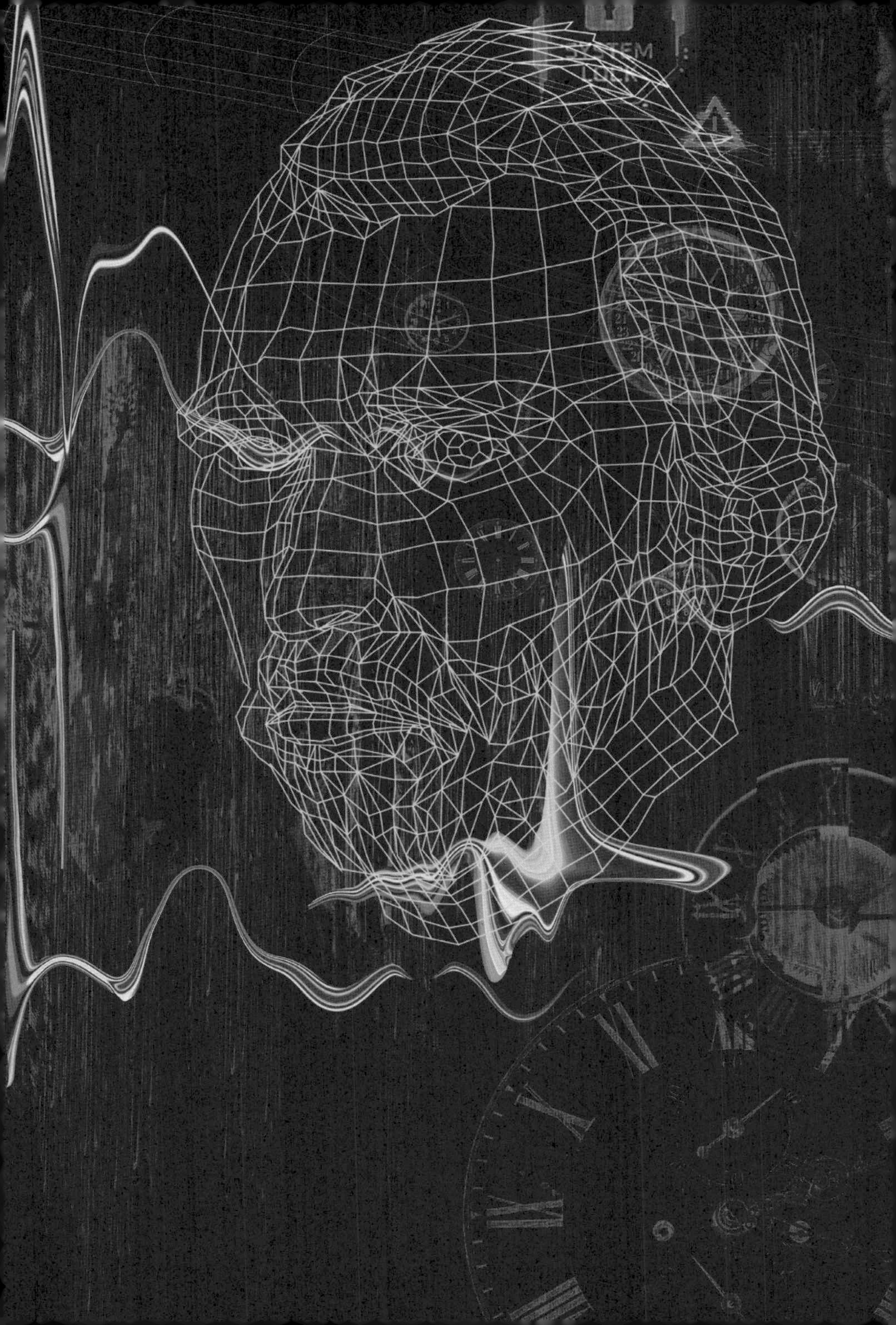
SYSTEM

CHAPTER00006 - 叛亂者 REBELS 01

2023年，香港八仙嶺鹿頸公廁。

「就是在這裡？」他問。

「對！就是在這裡！」背心鄭跪在地上：「求求你放過我！我什麼也不知道！」

他跪在地上的，不是污水，而是……血水。

背心鄭的兩個手下已經身首異處，他看著手下的頭顱大叫：「隱時空只是欠我錢！我跟他完全沒有關係！放過我吧！」

「但每次他穿越時空，也會見到你呢。」男人說。

男人穿著全黑的大褸，瞳孔是紅色的，他就是在IFC樓梯口，背心鄭撞到的男人！

「穿越……穿越時空？」背心鄭不明白他說什麼。

「你什麼也不知道，那就沒有利用價值了。」

男人揮一揮手，一個藍色的光環套著背心鄭的頸部，然後把他凌空抽起！

「!#R^*@^&*!」背心鄭沒法說話。

「這是處決囚犯的刑具，很適合用來殺你。」男人滿意地笑說。

藍色光環收縮，一下清脆的切割聲音，背心鄭的頭顱與身體分家。

一堆黑色像蚯蚓的東西爬向了無頭的身體，很快已經結合成一個新的頭顱。

背心鄭的身體成為了「宿體」，從地上爬起來。

「你就成為我的手下。」男人說。

新「背心鄭」點頭。

「身體是本人的，卻有新的生命成為了本人的頭，那究竟誰才是本人？死了的那個？還是新的這個？」男人在自言自語：「又是『忒修斯之船』嗎？」

這個擁有紅色瞳孔的男人，究竟是什麼人？

為什麼會出現在2023年？

「隱時空，我對你愈來愈有興趣了，嘰嘰。」

XXXXXXXXXXXXXXXXXXXXX

4023年，十三小隊休息室內。

十三小隊幾個隊員已經回來了幾天。

「我真的白痴！超級白痴！」隱時空在自言自語。

「你在說什麼？」艾爾莎問。

「那幅畫！梵高給我的那幅畫！我為什麼要燒掉它？妳知道會值多少錢嗎？」隱時空大叫：「我超後悔！後悔得要死！」

「也燒掉了，後悔也沒用。」艾爾莎高興地說。

「妳還在笑！」

「你跟梵高那一份友情，不是永遠都存在嗎？」艾爾莎說。

「也對……不過，如果有名畫就更好吧。」隱時空說：「老實說，我覺得最後梵高知道我是未來人。」

「如果他知道，你的任務已經失敗了。」竹志青說：「你真是一世好運。」

「現在是我完成了任務，你在妒忌我？」隱時空囂張地搭著艾爾莎的肩膊。

「你……」竹志青沒法說出話來。

「你們別要一見面就吵架好嗎？」雪露絲說。

「是這個麻煩人！」竹志青指著隱時空：「總是有意無意挑撥我！」

「話說反了嗎？是你經常挑撥我。」隱時空突然抱著艾爾莎：「莎莎，我很害怕啊，志青很凶惡啊。」

「你快放手！」竹志青生氣地說。

「不放！」

「快放！」

「不放！」

十三小隊多了隱時空這個人物，突然就變得非常有生氣與熱鬧。

「對，題外話，還有一件有關梵高的事，世人都錯了。」隱時空說。

「是什麼？」雪露絲問。

「梵高割掉的耳朵……是右耳，不是左耳！」隱時空說。

「怎可能？」雪露絲不相信。

「大家都以為梵高是對著鏡子畫自己，其實他並沒有，他是『想像』自己被割掉耳朵的方法畫自畫像！」隱時空自信地說：「別忘記，是我親眼看著他割耳朵！」

「原來如此！歷史的記載一直也是錯的！」艾爾莎說。

「只要是由人所寫，就會出錯。」隊長金大水從門口走了進來：「我已經見了吉羅德長官，他說我們這次任務……」

《歷史是真的，卻記載錯誤。》

我看著他們，大家都帶點緊張。

「他說我們做得很好，讚揚我們十三小隊的隊員！」金大水說。

「太好了！」雪露絲非常高興。

「只是D級的任務，也沒什麼值得高興。」竹志青口是這樣說，心卻是快樂的。

我擅自離開了任務時間線，還有艾爾莎參與了任務的事，金大水都替我們隱瞞了，他說如果再有什麼出錯，十三小隊一定會被解散。

看來，金大水、竹志青、雪露絲他們都有什麼不為人知的故事呢。

「下一個任務，長官說艾爾莎妳也可以參與。」金大水笑說。

「真的嗎？」艾爾莎非常高興。

「對，不過，妳一定要聽我的命令，知道嗎？」

「遵命！」艾爾莎笑得很燦爛。

「下一個任務資料已傳給你們，是B級的任務。」金大水說。

「B級？」竹志青也非常高興：「終於有B級任務！」

「任務是……」雪露絲看著立體影像：「紹興十一年（1141年），把沒有理會十二道金牌，在前線作戰的*岳飛招回臨安。」

「岳飛沒有回去？」我問。

「對，那個時空的岳飛違反了命令。」金大水說：「現在我們就要『改變世界，讓世界不改變』。」

「太好了！是戰爭的時代！」竹志青異常興奮：「我一定會把那個叫岳飛的拉回去！」

「你們快去準備吧，明天出發。」金大水說。

「時空你的第二次任務，已經是B級，很厲害！」雪露絲說。

「是嗎？」

其實我對什麼D級C級B級完全沒有興趣。

「不，這次時空不會參與任務。」金大水說：「科技部的長官亞伯拉罕要你明天去見他。」

「什麼？這次我可以參與，時空卻沒法參與？」艾爾莎說。

「沒辦法了，因為最近愈來愈多的時空漏洞出現，人手不足。」金大水說：「妳要代替時空。」

「麻煩人不去更好呢。」竹志青起來：「我去準備。」

「我也去！」雪露絲說。

他們離開後，艾爾莎說：「不過時空你不去也好，B級任務會有一定的危險。」

我想起她曾說執行任務的死亡率高達36%。

「會有什麼危險？」我問。

「B級任務多數是一些戰場環境，殉職機會也會變高。」金大水笑說：「放心吧，我們會以安全為上，看來時空你也很擔心我呢，哈哈。」

我才不是擔心你，而是在擔心艾爾莎。

「沒問題的。」艾爾莎跟我單單眼：「別忘記，我也非常優秀！」

其實我太不明白，由4023年這一刻開始就沒法去到更遠的未來，是「盡頭」，不知道未來會發生什麼事。

如果是這樣，人類的未來，是不是發生了什麼「不想人知」的事？

「你在呆什麼？」艾爾莎問。

「沒有！妳做事我放心！」我笑說。

我們互望微笑了。

好吧，明天就去科技部門問問那個亞伯拉罕吧！

《未知的未來，是希望？還是恐懼？》

＊岳飛，生於北宋崇寧二年（1103年），南宋紹興十一年（1142年）逝世，享年38歲。

CHAPTER00006 - 叛亂者 REBELS 03

第二天早上，我來到了太空船上的科技部。

整個科技部都是由氣體組成，不知道怎樣形容，就像是在雲上的建築物，不，更正確來說，建築物就是雲。

「隱時空先生，請到這邊。」一個機械人跟我說。

我跟著它來到了一個透明玻璃的升降機，升降機快速上升。

「其實現在的科技應該可以把你的外表做到跟人類一樣吧，為什麼你還像一個機械人？」我問。

「因為在2236年出現了跟人類外表一樣的人工智能機械人，世界出現了一些混亂，最後人類阻止外表跟人相同的人工智能出現。」它說：「這是有關*真恭羽的故事，你有興趣聽聽嗎？」

「不了，我沒興趣。」我笑說：「不過，原來世界有這樣的一段過去。」

「因為你是2023年的人類，所以不知道也正常。」

「看來你們的資料是互通的。」我說：「我指跟基多圖。」

「人類也可以一樣的，由宇宙雲端把資訊輸入你們的大腦。」它說：「我可以詳細解釋給你聽，只是很簡單的數學公式演算法。」

「不用了！謝謝！」最怕數學公式。

「明白，不過如果你有興趣，可以看看*《愛情神秘調查組》，作者用了一個小說故事去預言了宇宙雲端的概念，你就可以簡單地了解。」

「好的，沒問題！」

怪不得艾爾莎說那個小說家預言了真實的未來吧。

「我們已經到達了。」

其實用瞬間轉移不是更快嗎？算了，我走出了升降機。

「時空，來了嗎？」亞伯拉罕歡迎我。

除了他，還有三個人，分別是科技部的物理分部、化學分部、時間分部的主管。

算了，他們的名字都很難記的，我就叫他們做物理主管、化學主管及時間主管吧。

介紹過後，亞伯拉罕說：「這次叫你來，只想跟你說明一些事，我覺得你應該要知道。」

「是什麼？我可以回去我的時代了？然後你會給我很多錢？」我問。

四眼的物理主管搖搖頭：「不，我們還未找到傳送你回去的方法，而且也找不到是什麼原因不能讓你回去。」

「那你們要我來做什麼？」我有點失望。

「首先我想跟你說，我知道你在任務中擅自走到另一時間線。」亞伯拉罕說：「金大水隊長有跟我說，不過，我決定了不向吉羅德長官匯報。」

我也覺得奇怪了，他們沒可能不知道的，不是說一直在偵測我的數據嗎？

「而且我知道5A也擅自加入任務，如果被吉羅德長官發現……」年老的化學主管說。

「嘿，我明白了。」我說：「這是條件交換吧？你們不會匯報，就是想我幫你們，對吧？」

他們利用艾爾莎作為棋子。

「非常聰明的祖先，呵呵！」陰陽怪氣的時間主管說：「我們就是想這樣！」

「你想我幫你們做什麼？」我問。

「以下的內容非常重要，你不能告訴其他人。」亞伯拉罕說：「我們發現『時空管理局』中，可能有想破壞時空的……潛伏奸細。」

潛伏奸細？！

《究竟是誰，成為你最不捨的過去？》

＊真恭羽，《智能生物》角色，詳情請欣賞孤泣另一作品《智能生物》。
＊宇宙雲端，首次出現於《愛情神秘調查組》故事中，詳情請欣賞孤泣另一作品《愛情神秘調查組》。

「詳情你不用知道，你知道這件事就好了，呵呵！」時間主管說。

「你的出現就已經可以證明這一點。」亞伯拉罕說：「從來也沒有一個人像你一樣，可以來到4023年，當中一定是有某些事正在發生，你的確就是『神選之人』。」

「好吧，我完全聽不明白，你們可以簡單跟我說發生了什麼事嗎？」我問。

他們開始解釋，同時出現了立體影像。

所有發生的事都有關……「空白期」。

「空白期」大約是在一千年前，3050年至3500年，完全沒有歷史的資料，而且也不能穿越到這時間內的時間線。

現在我看到像廢鐵一樣的地球，是從2874年開始變化而成。人類文明在2071年滅亡後，因為*鄔月一的出現，再次回到由人類統治的世界，而且科技更是比從前快千倍的速度發展。

在那個時代，人類的智商只有十來歲，不過在「新文明」的三代之後，人類突破了自己的極限，他們形容為……「每一個出生的兒子也是達文西」。

就如李奧納多·達文西（Leonardo da Vinci）一樣，在繪畫、音樂、建築、數學、幾何學、解剖學、生理學、動物學、植物學、天文學、氣象學、地質學、地理學、物理學、光學、力學、發明、土木工程等等領域，無一不曉。

不是只有一個，而是每一個人類。

不過，同時也把人類再次催向滅亡。

人類開始不能自然生育，而且因為人類智慧過高，再次引發大規模的戰爭，人與人、國與國的戰爭，最後，只有小數的人類逃離地球，來到太空生活。

直到2940年，地球因為人類的戰爭，再沒有任何生命出現，不只是人類的滅亡，地球再沒有其他生物存在。

人類用了接近一百年的時間，適應在太空的生活，*人類的歷史記載到3049年12月31日，然後，再次出現的歷史已經是3500年1月1日。

「再次出現的歷史，可以進行時空旅行，沒有人知道『時空管理局』是如何出現、由誰創立。」亞伯拉罕說：「『空白期』唯一記載的，就是在未來會出現『神選之人』。」

「等等……」我在思考著：「不可能的吧？歷史突然消失？不是還有人存在的嗎？有人存在就代表了會知道過去的事。」

我的意思是，假如一個在3480年出生的人類，來到3500年有歷史記載之時，他已經是二十歲，他不會完全忘記二十年來曾經發生過的事吧？

「呵呵！孺子可教也！」時間主管說：「很快就想到問題所在！」

「從3500年開始，人類的歷史變成了『空白期』，記憶也被『封印』了。」化學主管說。

「封印？」

「對，不過因為你的出現，讓『空白期』的歷史……漸漸再次呈現。」

《所有的失去，都會變成過去。》

＊鄔月一，《低等生物》角色，詳情請欣賞孤泣另一作品《低等生物》。

＊人類的歷史：

2071年-人類第一次滅亡

2212年-鄔月一出現於200年後的地球

2236年-出現像人類一樣的人工智能

2440年-（三代後）人類科技出現了超級發展

2874年-人類進入第二次滅亡

2940年-地球滅亡

3050年至3500年-空白期

人類的歷史記載到3049年12月31日，再次出現的歷史，已經是3500年1月1日。

「隱時空，你是唯一不是因為『漏洞』而出現歷史變化的人類，同時你也不是什麼偉人。」亞伯拉罕說：「從我們收集的數據之中，發現了一個奇怪的地方。」

「是什麼？」我問。

「由你來到4023年開始，時空漏洞加劇出現，而且『空白期』的歷史不再只記載『神選之人』，還出現了另一字『暗』，不過，暫時不知道是什麼意思。」

「我是不是在看小說？」我笑說。

他解釋，覺得歷史不會消失，也不會是「沒有出現過」，只是歷史被「封印」，才會出現時間的「空白期」。

從時間看來，3049年12月31日之前，是沒有「時空管理局」，科技的確可以進行時空旅行，不過，會被地球上的政府禁止。

「時空管理局」是在「空白期」後出現，沒有人知道是如何出現，這五百年間，他們都是一代傳一代，去維持「時空管理局」。

他們當然有找過管理局的「源頭」，可惜，根本沒有任何的發現。

「只有現在的科技，才可以把一個人，把你傳送來到這個時空，我們懷疑『時空管理局』當中有潛伏奸細，讓你破壞了五百年來的規則，然後讓『空白期』的歷史再次出現。」化學主管說。

「那也不是我的問題吧？」我說：「我完全不知道為什麼要來到這個時空！」

「當然不是你的問題，問題是，回看你的過去，你根本就是一個普通得不能再普通的人類……」時間主管說：「那為什麼你會被選為『神選之人』呢？呵呵！」

「我們甚至了解過你的名字，為什麼叫『時空』。」亞伯拉罕說：「你死去的父母都只是因為他們想『時常放空』，才叫你做『時空』。」

「所以根本跟你的時空旅行完全沒關係，我們還是摸不著頭腦。」物理主管說。

「好了，你叫我來就是想跟我說這些？我根本就不會有答案。」我問：「而且你去問未來的人不是更好嗎？」

「我們沒有未來，4023年已經是時空的『盡頭』。」亞伯拉罕說。

「不，我更加覺得，是未來的『時空管理局』因為某些原因，同樣『封印』了你們的未來，不讓你們穿越到更未來的時空。」我說。

他們四個人一起互望。

「怎說也好，現在我們希望你可以繼續為我們執行任務，讓我們收集更多的數據。」亞伯拉罕說：「同時把事情告訴你，也是想你小心，我們懷疑的『潛伏奸細』，可能會有其他的行動，或者會對你不利。」

「怕什麼？」我笑說：「我也死過無限次了，我還怕什麼？嘿，而且……我又怎知道你們四個之中，有沒有一個是潛伏奸細？」

他們四個人再次互相對望。

「呵呵！隱時空，你這個人真的是太有趣了！」時間主管說：「我們當然不會是潛伏奸細！」

「總之，我們對你所說的內容，絕對不能跟任何人說。」物理主管說。

「艾爾莎呢？」我問。

「不行。」

「如果我反對？」

亞伯拉罕拿出一個金幣，是用來洗去記憶的金幣。

「你們兩個都會被洗去記憶，她不會再有關於你的記憶。」

亞伯拉罕根本就是在恐嚇我，不過，我才不會告訴她呢。

「好吧，我會繼續幫你們完成任務，不過，當你們找到了讓我回去的方法時，一定要告訴我。」我想了一想：「還有錢！你們答應過給我很多很多錢！」

「一言為定。」亞伯拉罕笑說。

《你寧願自己消除他的記憶，還是他消除你的記憶？》

跟他們會面後，我回到行動總部我的房間。

「不知道艾爾莎任務進展如何？」我突然想起：「還有阿凝呢？」

如果可以回去，我一定會跟阿凝說我現在經歷的事，因為世界上只有她會相信我。

「基多圖。」我說。

「找我有事？」房間的燈突然變成了機械人。

「真方便，二十四小時隨傳隨到。」我說。

「我們從來沒有時間的觀念。」基多圖說。

「艾爾莎他們現在怎樣？」我問。

「對不起，任務內容不能透露。」基多圖說。

「是這樣的嗎？」我找其他話題：「除了『空白期』，歷史中有沒有出現過其他消失的時間？」

「沒有，不過，人類曾出現過『地層大角度不整合現象』。」基多圖說：「地質學家發現地球上某些地區的岩石，上下兩層出現了明顯的分別，一層有17億年的歷史，而另一層是5.5億年前，當中缺失了超過10億年的岩層。」

「為什麼會這樣？」我問。

「雪球地球論、超級大陸死亡論都是最初人類的想法，不過，最後卻發現了，根本就不是缺失了10億年的歷史，而是宇宙另一物種讓岩層出現變化，簡單來說，就是給人類留下一些謎團，當有謎團出現，人類解開才會有進步。」

「宇宙另一物種？」我把燈形的基多圖握在手：「外星人？真的有外星人？」

「多到你不相信。」基多圖說：「而且，他們也曾經在地球上生活，你可以看看 *《外星生物》這本小說，詳細地預言了外星人的存在。」

「啊？又預言了？」

「不過，在外星人的眼中，人類才是外星生物。」

「為什麼？」

「外星生物的科技發展比人類先進不知多少倍，不過在『人性』方面，人類這生物卻是宇宙中數一數二的『狡猾』。比如要如何去獲取利益、對付敵人、爾虞我詐等等，在這方面，人類在宇宙眾多星球之中，是最聰明的生物。」基多圖解釋：「反過來說，人類口中的外星人，不明白人類為什麼要自相殘殺，所以人類才是他們心中的外星生物。」

「好像有點道理。」我說：「其實，宇宙是誰做的？是大爆炸宇宙論？」

「才不是，你時代的科學家認為，宇宙大爆炸產生了物質和反物質，隨後發生了『湮滅』消耗掉了絕大部份的正、反物質，遺留下的少部份正物質構成了現今的物質世界。」基多圖說。

我知道他在適應著我的思考速度，慢慢說。

「理論上宇宙大爆炸時所產生的粒子與反粒子數量相同，但是為什麼遺留下來的絕大多數都是正粒子？其實這理論是說不通的。」

「你還未回答我的問題。」我說。

「這些是答案的前設，你們人類不是喜歡這種對話方法嗎？」

「又想扮人類？你還是不像人類。」我又再次打擊它。

「真失望。」基多圖說：「宇宙是由『創造者』製造出來的，不是無中生有，而是精心設計。」

「誰是『創造者』？」

「所有生物都是『創造者』。」

「什麼意思？」我問。

《人類不斷尋找源頭，才發現源頭之前又有源頭。》

＊《外星生物》，於地球出現的外星生物，詳情請欣賞孤泣另一作品《外星生物》。

「在你的時代，科學家也認為宇宙是由基本粒子組成的，其實這是錯誤的。」基多圖說：「宇宙是由『創世粒子』構成的，而『創世粒子』比你知道的世界最小的單位夸克小一千萬倍，所以在你的時代，根本就沒有科技可以找到『創世粒子』。」

我對科學沒有興趣，不過，又很想知道更多。

「『創造者』把自己化成了萬物製造了整個宇宙，你們的身體內，就擁有『創造者』的部份。」基多圖說：「就好像我一樣，你們就是我的『創造者』，我的身體同樣擁有你的部份。」

「即是祂製造了我們後就消失了？」我問。

「可以這樣說，也可以說是犧牲了自己而製造了整個宇宙。」基多圖說：「不過，如果你再問『創造者』是誰製造的？這就沒有答案了，正確來說，用現在生物與AI的思維是沒法真正理解時空的起源。」

來到4023年也沒有時空起源的答案嗎？

我躺在床上，雙手放在後尾枕：「不過，知道答案又有什麼意義呢。」

「人類不就是追求這些哲學問題嗎？」基多圖說：「其他的外星生物是不會像人類一樣。」

「所以人類文明才會滅亡。」

「也許你說得對。」

「剛才沒有問亞伯拉罕他們。」我說：「你知道什麼是『暗』？」

「在你出現後，『空白期』的歷史出現了變化，除了預言了『神選之人』，還出現了『暗』。」基多圖說：「暫時所知的不多，不過以我的推測，『暗』跟『神選之人』一樣，都會嚴重影響未來。」

「我也不想做什麼『神選之人』呢。」我帶晦氣：「在我的社會中，我根本只是一舊社會垃圾。」

「不，你在自己的時空或者是垃圾，不過，在另一個時空可能又是另一回事。」基多圖說。

「啊？我喜歡你鼓勵我的說話。」我笑說：「扮人類加一分！」

「真的嗎？哈哈！」它高興地笑說：「不過時空你要小心，還未知那個『暗』代表了什麼，也許是一個人。但可以肯定，你一定會跟『暗』碰上，因為你是預言中的人類。」基多圖說。

「來找我嗎？」我自信地說：「來吧，我也想會一會那個什麼『暗』！」

2033年。

在另一個時空，隱時空已經失蹤了十年，不過，沒有人知道他已經在馬桶中死去，背心鄭他們把隱時空的屍體棄屍荒野。

紅色瞳孔的男人，坐在一個女人的身邊，女人被藍色的環鎖在床上。

她是……十年後的凝秋香。

「隱時空也失蹤了十年，大家都覺得他死了，世界上只有妳覺得他還生存。」男人說：「妳知道我為什麼會來十年後的時空嗎？因為今天就是隱時空失蹤後的第十年。」

這十年來，阿凝沒有放棄找尋失蹤的時空，瑪麗蓮．夢露的耳環還在她的首飾盒子內。五年前她跟周隆生結婚，隱時空說過，當她結婚時會送她一份她喜歡的禮物，可惜，事與願違，時空沒有出現。

「為什麼呢？為什麼你會覺得隱時空還未死？」男人問。

阿凝沒有回答她，她用一個痛恨的眼神看著這個男人！

在五分鐘前，黑色蚯蚓入侵了他的丈夫周隆生，還把他們三歲的孩子殺死。

在阿凝的眼前殺死了她的孩子。

「現在你痛恨的人不是我，而是隱時空，就因為他，妳丈夫與兒子才會死。」男人說。

「不關阿隱的事！」堅強的阿凝也流下痛恨的眼淚：「是你們殺死他們！是你！」

「真想知道隱時空看到妳被殺的畫面，會有什麼感覺呢。」男人拿出一把藍色的刀，用手指撥動她的頭髮：「放心，我不會讓妳死得難看，一定會是最美的。」

然後，他把藍色刀插入了阿凝的胸前！

「忘了跟妳說，我的名字叫……暗宇宙。」他說：「他們都稱呼我為……『暗』！」

《敵人總會在你不為意時出現。》

CHAPTER00007

誰才是惡魔？

DEVIL?

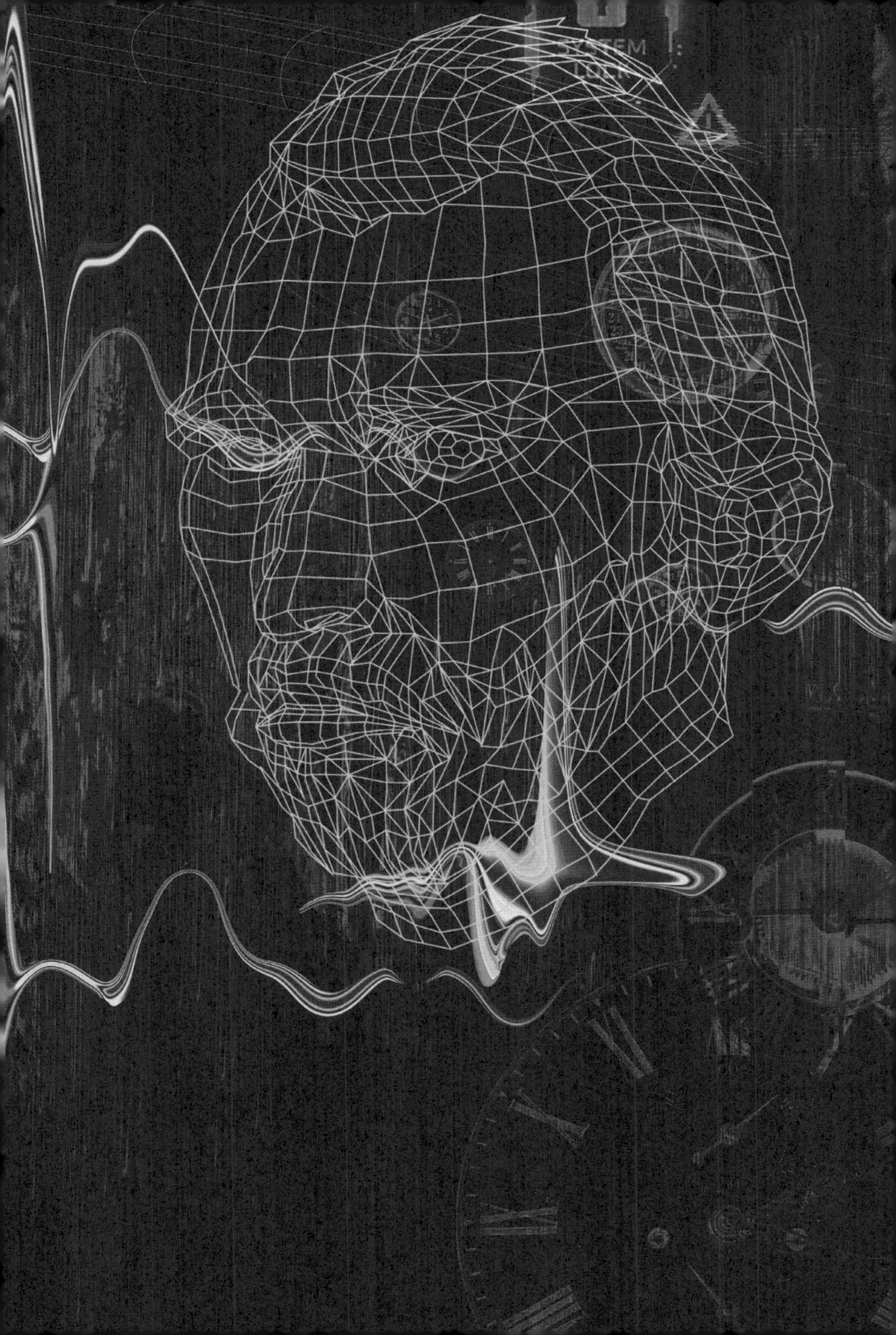
SYSTEM
LOCK

CHAPTER00007 - 誰才是惡魔？ DEVIL? 01

4023年。

艾爾莎他們終於平安回來，而且還在分享著在宋朝發生的事。

「戰爭真的是很可怕！火燒、搶掠、殺戮，人類互相殘殺！我只是在書本讀過，從來沒親眼見過這麼多人死在我眼前！」艾爾莎說得緊張。

「你們最後是怎樣令岳飛回去？」我問。

「岳飛很牛脾氣，不過卻是一位男子漢大丈夫。」艾爾莎說：「我們讓他回去的方法，就是*秦檜。」

「秦檜？」

歷史記載，是宰相秦檜計劃要陷害岳飛，最後以「莫須有」罪名處死岳飛，秦檜成為了奸臣的代名詞，變成了千古罪人。

「跟歷史一樣，秦檜陷害岳飛。」

「才不是，他回來救秦檜！」艾爾莎說。

「岳飛救秦檜？」我懷疑。

「對，十二道金牌岳飛也不肯回去，最後我們跟他說，他不回去秦檜會有生命危險，他才肯回去。」艾爾莎說。

「怎會？」

岳飛與秦檜表面不和都是在演戲，他們早已經合謀想用奸臣與忠臣的身分去一步一步吞併朝廷，最後不幸被*宋高宗識破。

「岳飛要死，而秦檜最後更要成為殺岳飛的代罪羔羊，遺臭萬年。真正殺岳飛的人是宋高宗，因為岳飛屢次不聽命令，宋高宗早已有殺他之意。」

「那莫須有的罪名……」

「『莫須有』不是指不需要有什麼罪名才處死岳飛，而是說『我們就算落得如此田地，也莫須有後悔之心』！」艾爾莎說：「這是一場可歌可泣的友情故事！」

「嘿，他媽的歷史，真有趣呢。」我笑說。

真相是什麼？都是後人的解讀，根本就沒有確實的答案。

就在此時，隊長的立體影像突然出現在他們面前：「時空！艾爾莎！有新任務了！」

「這麼快？」艾爾莎說。

「如果妳覺得累，可以不參加，多休息也……」

「我參加！」艾爾莎雀躍地說。

「我也要去嗎？」我完全沒興趣。

「當然！這次你們四個都要出動，一會來十三小隊的會議室，我跟你們詳細說明任務！」

「好！」

隊長影像消失。

「這個時代沒有私隱的嗎？說來說來，說走就走。」我吐嘈：「如果我跟艾爾莎正在咩咩，不就尷尬了？」

「你說什麼『咩咩』？」

「沒有！沒有！哈哈！」

這次又是什麼任務呢？

……

…

·

行動總部宿舍另一房間。

太空船房間的大門打開，雪露絲走進竹志青的房間。

「你還在看書？有新的任務！」雪露絲說：「隊長要我來找你！」

「休息一下不行嗎？」竹志青不情不願地說：「不久前我們才從宋朝回來，這麼快有新任務？」

「對，快點來吧！」雪露絲說：「而且聽說是很重要的任務，隱時空也會加入我們。」

「什麼？真麻煩，我怕他像上次一樣亂來！」竹志青說。

「這也是隊長的決定，你快點來會議室！」

「今次是什麼時代？」他問。

「二十世紀初。」她看看眼前的立體影像：「對象是一位在德國出生，猶太裔的理論物理學家，他的名字叫……」

「愛因斯坦。」

《孤獨的人都很會假裝自己很忙。》

＊秦檜，生於北宋元祐五年（1091年），南宋紹興二十五年（1155年）逝世，享壽65歲。
＊宋高宗，生於北宋大觀元年（1107年），南宋淳熙十四年（1187年）逝世，享壽80歲。

CHAPTER00007 - 誰才是惡魔？ DEVIL? 02

會議室內。

這次我醒目多了，不再是什麼也不知道，我先看了簡單的任務資料。

出現「漏洞」的年份是1945年，第二次世界大戰末，原子彈沒有落在日本的廣島與長崎。

「漏洞」的源頭是歐拔．愛因斯坦（Albert Einstein），他沒有寫信給當年的美國總統富蘭克林．羅斯福（Franklin Delano Roosevelt），美國沒有啟動曼哈頓計劃，原子彈沒有被發明。

「其實，沒有原子彈就不會有十幾二十萬平民喪生……」我說：「現在的任務，就像我們間接害死那些平民。」

「你錯了。」金大水說：「就算沒有愛因斯坦的相對論做基礎，利用放射性元素與衰變原理的原子彈也會出現，如果原子彈落在壞人手上，不堪設想。」

「什麼是壞人？」我認真地說：「什麼是好人？」

他們都只懂執行任務，從來也沒有想過這些問題。

「我都說你是麻煩人！任務就是不讓歷史改變，就這麼簡單！」竹志青說。

「如果任務要你殺死雪露絲，或者是艾爾莎，你也聽從命令？」我反問。

「這……」竹志青突然說不出話來。

「對……對不起！我……我要去洗手間！」雪露絲說完，然後一支箭離開。

「發生什麼事？」我問。

「時空你太過份了！」艾爾莎說。

「什麼？我做錯什麼？」

「雪露絲來到十三小隊的原因……」金大水低下頭雙手疊在胸前：「就是違反了規則。」

「什麼規則？」

雪露絲在一次任務中，要親手殺死自己的隊友才可以完成任務，不過，她沒法下手，最後被議會判罰，輾轉來到了最差的十三小隊。

「什麼？！真的要殺死自己的隊友？怎可能？」我非常驚訝：「是什麼任務？」

「是在江戶時代，日本的巖流島，*宮本武藏與佐佐木小次郎的決鬥。」金大水說。

雪露絲雖然性格害羞，但其實在行動部的成績很優異，曾經是第二小隊的隊員。小隊排名就是由零小隊開始，第二小隊已經是很了不起的成員，會執行一些A級或以上的任務。

當時，雪露絲的任務就是要殺死幫助佐佐木小次郎的隊員。

「為什麼要幫助佐佐木小次郎？」我問。

「那次決鬥，歷史記載最後是由宮本武藏勝出，佐佐木小次郎死於他的刀下。」金大水說：「其實，結果不是這樣，本來佐佐木小次郎是可以勝出的，因為『時空管理局』不能讓歷史改變，幫助了宮本武藏。」

「而雪露絲的蠢隊友不想佐佐木小次郎這樣死去，出手幫助他。最後，雪露絲的任務就是要親手殺死這個隊友阻止她。可惜她下不了手，由另一個隊友出手了。」竹志青說：「她應該要出手的，這是任務。」

竹志青好像已經回答了我之前問的問題。

任務真的這麼重要嗎？比跟自己出生入死的隊友更重要？

「任務嗎？」我走向竹志青：「如果你真的為了任務傷害其他隊友……我第一個會殺了你。」

「你就試試吧。」竹志青不甘示弱。

「好了！那是非常罕有的事件，不會再發生！」金大水走到我們二人之間：「現在我來安排你們各自的任務！」

這次任務的危險程度是C，只要讓愛因斯坦寫信給美國總統羅斯福就可以了。

不知怎的，任務的性質，好像比梵高輕鬆多了，不過任務級數卻是C。

其實他們是怎樣決定任務級數的？

《任務重要？還是隊友重要？工作重要？還是朋友重要？》

＊宮本武藏，生於天正十二年（1584年），正保二年（1645年）逝世，享壽61歲。

＊佐佐木小次郎，生於天正十六年（1588年，時空管理局歷史），慶長十七年（1612年）逝世，得年24歲。

CHAPTER00007 - 誰才是惡魔？ | DEVIL? | 03

準備完畢後，我們開始新的任務。

雪露絲會去到1884年，愛因斯坦的童年，把一個指南針交給臥病在床的愛因斯坦，讓他從小開始，對物理學產生出濃厚的興趣。

而竹志青要去到1905年，愛因斯坦的「奇蹟之年」。

當年他發表了四篇論文，有關光電效應、布朗運動、狹義相對論、質能等價，在物理學四個不同領域中取得了歷史性成就。

竹志青要協助他完成論文發佈。

「那個死瘦骨竹的任務真簡單。」我說。

「才不簡單，他還要在1915年協助他發表影響世人的廣義相對論。」艾爾莎說：「第一次世界大戰在1914年7月開始，當時的世界很亂，有一定的危險。」

「那我們呢？」我看著資料：「1922年10月香港去上海的船上？當時的愛因斯坦已經四十三歲，我們要做什麼？」

「就是跟他去旅行。」艾爾莎說。

「什麼？就這樣？」

「任務內容就是這樣，你沒有看任務資料嗎？」艾爾莎說：「我們要扮成年輕夫婦，接觸愛因斯坦。」

「夫婦？」

「其實夫婦要做什麼的？」艾爾莎問。

「就是做一些其他人不會做的事，嘿嘿。」我看著她的胸部。

「例如呢？」

「就是……就是……」我不知道怎麼說：「總之就是老公老婆吧！」

艾爾莎撓著我的手臂：「好吧！我們出發了，老公！」

她的胸部壓住我的手臂，我在想，跟美女去一轉旅行也不錯呢。

「他們已經出發了。」金大水走向我們：「你們在三個小時後就出發吧。」

因為要等待雪露絲和竹志青完成任務，然後才會出現四十三歲的愛因斯坦，我們比較遲才出發。

「隊長你又不用外出工作，真好。」我說。

「還未需要我出場呢，我相信你們！哈哈！」金大水說：「好吧，等待你們的好消息！」

「還有時間，我們要不要練習一下如何做夫婦？」艾爾莎笑說。

「好！我來教妳做我老婆！」

我腦海中出現了那些畫面，嘰嘰嘰。

……

……

…

．

1922年10月，一艘郵輪甲板上。

很明顯，這艘船不是普通人可以乘搭，乘客衣著光鮮，而且都有一種高雅氣派，我也換上一套西裝，艾爾莎戴上一頂毛毛鐘形帽。

大海一望無際，海風打在我的臉上，很舒服。

「大海。」艾爾莎像小孩第一次看到海一樣：「原來是這樣的！」

「妳沒見過海？」我問。

「有啊，不過是第一次在船上看著大海。」她說。

「來吧！我替妳拍張相！」我拿出了自己的手機。

「好啊！」艾爾莎問：「不過，這是什麼東西？」

「iPhone，不是最新的，已經是幾年前的款式。」

「應該說是幾千年前的款式！用手機拍照嗎？真的很懷舊啊！來吧！」

懷舊？對她來說也許真的很懷舊，就好像有人用1839年發明的第一台木箱相機跟我拍照一樣。

「來！笑一個！」

艾爾莎本來微笑著，不過在下一秒她收起了笑容，看著我的背後。

「時空，別拍了！」她知道又犯錯了。

一個頭髮蓬鬆的男人走向我，他看著我手上的iPhone手機……

「這是……什麼東西？」

他跟艾爾莎問了一個相同的問題，不同的，一個是未來人，而另一個是過去的人！

我看著他的樣子……

沒錯，這個頭髮蓬鬆男人就是……愛因斯坦！

《有時，就算你是做錯，但你的選擇也是對的。》

CHAPTER00007 - 誰才是惡魔？ DEVIL? 04

「這是……這是……哈哈！」我立即收起手機。

「這是小孩的玩具！」艾爾莎連忙說。

「但我聽到你們說什麼拍照之類的。」他不相信，用一個懷疑的眼神看著我們。

「你又叫人聽你的理論嗎？」一個女人走到愛因斯坦身邊：「對不起，我先生總是喜歡發表他的偉論。」

「她是愛因斯坦第二任太太，愛爾莎．愛因斯坦。」艾爾莎在我耳邊說。

我點點頭：「沒有！哈哈！沒有，我們只是在聊天，沒有騷擾到我們！」

「明明我聽到說什麼相機……」愛因斯坦低著頭自言自語：「是我聽錯？」

「你們也是到上海旅行？」愛爾莎．愛因斯坦問。

「對！」

我們跟她說，我們是一對新婚的夫婦，這次是婚後首次的蜜月旅行。

「我們也是到上海、日本等等地方旅行！」愛爾莎．愛因斯坦說：「正好晚餐時間，要不要一起吃飯？」

「不了！」我說。

「好！」艾爾莎跟我同一時間說。

我們看了對方一眼，傻笑了。

「這是我們接觸他的好機會。」腦海中傳來艾爾莎的說話。

我點點頭：「明白了。」

我再看著那個愛因斯坦，他還是用一個懷疑的眼神看著我們。

「好！謝謝你們的邀請！」我微笑說。

……

……

……

我們來到了郵輪的餐廳，就像電影一樣冠冕堂皇，天花上的水晶燈大得快要掉下來一樣。

「你認為水晶燈會掉下來是什麼原因？」愛因斯坦突然問我。

要很小心回答他，這個大叔絕對不簡單，他是……愛因斯坦！

「是因為……地心吸力。」還好，中學時有學過：「牛頓！牛頓啊！」

「那你認為月球圍繞地球旋轉，也是因為牛頓所說的萬有引力定律（Law of universal

gravitation）？」

黐線，現在是物理考試嗎？

「艾爾莎！我要怎樣回答？」我在腦海中跟她說。

「我物理科是零分的！」艾爾莎說：「基多圖！」

「在！」

「快告訴我答案，而且不要讓他懷疑！」我說。

愛因斯坦還在看著我。

「月球圍繞地球嗎……」我聽著基多圖的解釋，然後說：「我認為不是萬有引力，引力未必是互相吸引的，而是時空受到影響，出現了如『漣漪』的波動，讓時空彎曲，影響物體的運行。」

愛因斯坦呆了一樣看著我：「你……有讀過廣義相對論的內容？」

「咳咳，實不相瞞，我知道你就是大名鼎鼎的愛因斯坦先生。」我扮演著：「你嘗試推翻牛頓的萬有引力，簡直就是震驚了整個世界！」

「你也是物理學家？」他問。

「才不是，我只是……」我在想怎樣回答：「自學！哈哈！」

「很不錯！」

當愛因斯坦知道我也喜歡物理學，整個人的態度改變。

「可惜，還是很多人批評我的理論。」愛因斯坦說：「我也未完全證實到，扭曲時空的『重力波』(gravitational wave）是否存在。」

「2015年已經證實了。」基多圖說。

「2015……」

正當我想說出來之時，立即收回我的說話，因為不能讓他知道一百年後，人類已經證實他的理論不只是預言。

「愛因斯坦先生，未來一定有人可以證實你的理論是正確的。」我認真地說。

「就好像我證明牛頓是錯的一樣？」

「我怎樣答？」我問基多圖。

「這是人類的想法，我也沒有一個正確的答案。」基多圖說。

基多圖也不知道？！

「這……」我在思考著：「不，科學的結論沒有對與錯，就好像貧窮和富有一樣！對錯的關鍵只在於每個人認為多少錢才叫富有，多少錢才叫貧窮，哈哈！」

他抽著煙斗，認真地看著我。

我是不是答得不好？我應該說他證明牛頓出錯是正確的事？

「嘿，這個小子……」愛因斯坦看著自己的太太笑說：「我喜歡！」

《每個人對富有與貧窮也有不同想法，沒有對與錯。》

我們繼續吃飯，繼續聊著物理學的話題。還好，如果基多圖不在，我根本沒法回答。

「愛因斯坦的確是一位很偉大的人，現在人類的科技，很多都是以他的理論為基礎。」基多圖說。

「有時幻想比現實更重要呢。」艾爾莎說。

此時，一個餐廳的侍應走向了愛因斯坦，把一封電報給他看。

「親愛的，是什麼東西？」愛爾莎．愛因斯坦問。

「沒什麼。」愛因斯坦說：「他們會頒發諾貝爾物理學獎給我。」

「真的嗎？太好了！」

「他們是以光電效應定律頒獎給我，不是相對論。」

得到諾貝爾獎，絕對是一生之中最光榮的事，不過，我完全看不出愛因斯坦有多高興，反而在他的臉上，我看到一些失落。

當時他的相對論實在太超前了，有些人根本不相信這套理論，甚至有人反對相對論的學說。

吃完飯後，我跟愛因斯坦來到甲板上吹吹風，他抽著煙斗，看著佈滿星星的天空。

「你知道，人生最重要是什麼？」他突然問。

「這個問題有很多答案……」

「是認錯。」他直接地說出答案：「就像我所說的靜態宇宙哲學，最後我放棄了宇宙常數，這是我一生中最大的錯誤。」

我聽不懂，不過我明白他所說的「認錯」是什麼意思。

「就像我第一任妻子，還有我兩個兒子，我是一個不稱職的丈夫與父親，都是我的錯。」他吐出了煙圈：「哈哈！真奇怪，我也不知道為什麼會跟一個剛認識的人說出這些說話。」

「哈哈！我習慣了，我是一個很好的聆聽者！」我摸著後腦說。

任何一個偉大的人，其實都只不過是一個「人」，無論成就與地位有多顯赫，他們總有屬於自己的煩惱。

所以像我這種普通人，有煩惱也是正常的。

「總有一天，我們人類一定可以進行時空旅行。」愛因斯坦微笑看著我：「你相信嗎？」

「我相信……不……」

「299,792,458m/s，這是光的速度。」愛因斯坦說：「我們人類未來一定可以利用光的速度，甚至比光更快的速度，完成時空旅行。」

我不知怎樣回答他。

「十年？一百年？一千年？我只等待，世界上會出現一個人打破我的光速恆定理論，就如我打破牛頓的萬有引力理論一樣。」他高興地笑說。

我明白他的心情，科學與物理要去舊迎新，人類才會有進步。

才會有我這次的時空旅程。

「但願會出現這樣的一個人。」我笑說。

此時，那個在餐廳的侍應再次出現。

「愛因斯坦先生，有人把這個東西給你。」他微笑說。

我看著侍應，真奇怪，不是在餐廳工作的嗎？為什麼會出現在甲板？

「啊？這是什麼？好像你那個玩具。」愛因斯坦說。

我回頭看著他手上的東西……

它的螢光幕在發出藍色的光，還有倒數的時間……

「時空，那是2060年發明的……炸彈！」基多圖說。

什麼？！

我立即拿走愛因斯坦手上的東西！

「你在幹什麼？」愛因斯坦問。

我看著倒數的時間，還餘下兩秒！二話不說，我把那個像手機的東西掉入了大海！

「轟！！！」

兩秒後，在海中爆炸，水花濺上了甲板！

「發……發生什麼事？」愛因斯坦問。

我回頭看那個侍應，他已經消失於空氣之中……

為什麼會這樣？2060年的炸彈，怎會出現在1922年？！

《無論要多努力，請找回你自己。》

郵輪的房間內。

竹志青與雪露絲已經完成各自的任務，來到了這個時空。

艾爾莎走了進來：「他們兩夫婦暫時在房內安全，只是愛因斯坦有點受驚，基多圖會留意著。」

「究竟發生什麼事？」竹志青看著我：「為什麼會有炸彈出現？」

「我怎知道？」我思考著剛才發生的事。

「不可能的，1922年不可能出現2060年的炸彈。」雪露絲擔心：「除非是我們帶來……」

「是不是你把炸彈帶來？」竹志青問我。

「怎帶？我連那是炸彈也不知道！」我說。

「從來也沒發生過類似的事。」艾爾莎說：「一定出現了什麼錯誤。」

「那個侍應呢？」我問：「我們可以回到事件未發生前的時間嗎？把他捉住！」

「白痴！」竹志青搖頭說。

「不行，在執行漏洞任務時，只可以去到未來，不可以回到過去。」雪露絲解釋。

「現在，只有一個可能性……」

艾爾莎認真地看著我們三人。

「是什麼？」

「有其他人……入侵了我們這任務的時間線！」

……

…

．

同一時間，行動部會議室。

發生了突發事件，金大水已經向長官吉羅德匯報情況。

「為什麼不能取消任務？」金大水問。

「因為這也是首次出現的情況，我懷疑是跟隱時空有關。」吉羅德說：「任務會繼續進行，收集更多的數據，而且，要捉住入侵的人。」

「但這樣他們可能會有生命危險！」金大水帶點激動。

「你忘記了我們行動部的使命嗎？金隊長……」吉羅德反問他。

「任務為先，生命危險在後。」金大水低下了頭說：「但……」

「別再爭拗了，你也快回去協助他們。」吉羅德說。

金大水本來想說：「其中一個是你的女兒！」

可惜，他知道吉羅德不會改變主意。

金大水離開，吉羅德看著螢光幕的紅色點。

「究竟……發生了什麼事？」

……

：

．

一小時後，金大水也來到了我們的時空。

「繼續執行任務嗎？」竹志青奸笑：「我喜歡！」

「現在首要的事，是要保護愛因斯坦。」金大水分配工作：「雪露絲、隱時空，你們去安撫他們，竹志青、艾爾莎，你兩個跟我去找尋那個侍應，大家保持聯絡。」

「明白！」

「等等，我也想去找那個人！」我說。

「新仔，你多做幾次任務才說吧。」竹志青說：「艾爾莎，我們出發！」

「好！」艾爾莎看著我：「沒事的，放心吧！」

我只能點點頭。

我們各自執行任務，我跟雪露絲守在愛因斯坦房間外的走廊。

「真的沒發生過這種事嗎？」我問。

「從來……從來沒發生過。」雪露絲說：「不可能出現一個2060年的炸彈，我們根本不會帶這種舊式的炸彈。」

除非是……「潛伏奸細」。

我想起了科技部亞伯拉罕所說的話。

「時空你知道怎樣使用武器嗎？」雪露絲突然問。

「有武器的嗎？」我看著身上的西裝。

她指指手腕：「可以從4023年傳送專屬武器過來。」

《有痛苦，才知道是活著。》

另一邊廂。

「現在已經是夜深，大多數人都睡了，全個船艙只有七個位置正在移動。」艾爾莎看著立體影像。

「你們兩個在船艙調查這七個位置。」金大水認真地說：「我到船底調查一下正在工作的工人。」

「好！」

他們三人分頭行事。

「隊長認真起來好像變了另一個人。」艾爾莎說。

「嘿，別小看他，我使全力也打不過他。」竹志青說。

艾爾莎沒想到性格囂張的竹志青，竟然會這樣說。

他們兩人在船艙搜索，五個移動位置都只是郵輪的員工，而有一位是乘客，睡不著出來走廊散步。

「那個放炸彈的人穿著紅色制服……」艾爾莎說：「不過也有可能換了衣服。」

最後一個位置，就在餐廳的廚房內，一個廚師正在工作。

「啊？你們是客人嗎？為什來到廚房？」廚師問。

「沒什麼，就是來看看有沒有東西吃吧！嘻！」艾爾莎說：「你呢？在做什麼？」

「我在準備明天的早餐！」廚師說。

「真好！」

「是他嗎？」竹志青在腦中問她。

「不，樣子不同。」艾爾莎說：「可能不在船艙，我們去隊長那邊看看吧。」

他們正想轉身離開之時，艾爾莎停了下來。

「明天一早已經到達上海……」艾爾莎說：「為什麼還要做早餐？」

她準備回頭，同時，一把菜刀飛向了她！

「小心！」

竹志青飛身撲向艾爾莎，菜刀擦傷了他的手臂！

他們再次看著剛才的位置，那個廚師已經……消失了。

……

…

.

我跟雪露絲在走廊守候著，沒有出現奇怪的人。

基多圖變成了一支油燈，留在他們的房間內。

「油燈基多圖，愛因斯坦夫婦怎樣了？」我問。

「他們正在睡覺，身體也沒異樣。」基多圖說。

「這樣就好了。」我看著雪露絲：「看來妳也很想去搜索呢，不用在這裡悶等。」

「我聽隊長的指令，不會覺得悶。」雪露絲說。

「其實……當時妳沒法下手，才沒有錯。」

我突然說出雪露絲在日本巖流島的任務。

她呆了一樣看著我：「你……知道了？」

「嗯，我才不會殺死自己的隊友，就算我不太熟悉妳，也不會。」我說：「任務重要嗎？不，我覺得……出生入死的隊友更重要。」

她的雙眼泛起了淚光。

或者，從來也沒有人跟她說她是「正確」的。

「行動手冊寫著什麼『任務為先，生命危險在後』，根本就是白痴。」我說：「就好像我時代的大公司一樣，要把公司、工作放在第一位？別要白痴了，我自己的收入才是第一位，公司賺多少錢都不是我的，只有每個月的工資才是我的。」

不知道雪露絲明不明白我所說的，不過至少讓她知道，沒有殺死自己的隊友……

不是她的錯。

「時空……」

「不用多謝我，我也只是說出我的想法。」我說。

「不，我想說你身後那個人……」

我立即回頭看！

他怎會在此？！

一個……一個我認識的人就在我身後，他是……

「背心鄭？！」

《別人說的對，不一定是因為你錯。》

CHAPTER00007 誰才是惡魔？ DEVIL? 08

廚房內。

竹志青與艾爾莎跟那個廚師正在戰鬥！

「左面！」竹志青說。

他們一左一右把廚師包抄！艾爾莎手中的粉色短刀刺向廚師，他敏捷地避開！

「你是誰？」竹志青問，同時，他手上純白色的劍落在廚師的身上。

廚師再次躲開！

廚師不知道竹志青只是為了把他逼退！艾爾莎已經來到他的背後，短刀抵在廚師頸上！

「別要亂動！」

艾爾莎話未說完，可怕的畫面出現！那個廚師的頭一百八十度轉向了她，她被嚇得鬆開了手！

竹志青立即把艾爾莎拉到自己的身後！

廚師的頭顱再次一百八十度轉回來！

「這是什麼……什麼東西？」

……

…

.

走廊上。

「背心鄭？你為什麼會在這裡？」我完全不敢相信。

他沒有回答我，臉容開始扭曲，很快已經變成了侍應的外表！

我呆了一樣看著他，嚇得完全沒法動彈！

他的手指上出現了藍色的光……光束射向我！

「時空！小心！」雪露絲把我撞開：「別要呆著！快逃！」

雪露絲手中出現了一把金色的手槍，同時，子彈已經打在侍應的頭上！

整個頭顱爆開！黑色的液體濺在牆上！

這還未夠恐怖，他的頸部伸出許多條黑色的蚯蚓，再次合成背心鄭的樣子！再次出現我眼前！

雪露絲立即開槍，這次子彈沒法打進他的身體，子彈在他的面前停了下來！

「怎會？」雪露絲也不相信。

「隱時空，我真的很想你呢？」那個背心鄭開口說話，同時流下了黑色的唾液：「你……幾時還錢？嘰嘰嘰……」

「時空！快逃！」雪露絲大叫：「我……我來對付他！」

不要說笑了吧……追數追到來這個時空？

……

：

．

廚房內。

廚師像溶化的爛肉一樣，變成了觸手怪物！

就算是竹志青與雪露絲二人合作，也沒法把廚師怪物打下！

觸手快速飛向竹志青的胸前，它要貫穿他的心臟！

就在千鈞一髮之際，一把銀色斧頭把觸手斬斷！

「隊長！」

「還好，我回來看看你們！」金大水視線沒有移開過廚師：「看來這件事並不簡單……」

「先對付這怪物再說！」竹志青說。

「攻擊它的頭部會再生。」艾爾莎說。

金大水自信地回頭說：「那不如把他……碎屍萬段！」

……

…

．

走廊上。

背心鄭速度很快，他閃開了雪露絲的槍擊，很快已經來到了她的面前！

他一手捏著她的頸部，雪露絲痛苦得大叫，金色手槍掉在地上！

我不知道可以做什麼，只能眼白白看著背心鄭把她殺死！

對，武器！我有武器！

手腕可以傳送武器！雪露絲跟我說過，想要什麼武器，只要在心中想出來就可以了！

死就死吧！

「我不只不會殺隊友！我更不會讓隊友……死在我的眼前！」

我大叫衝向背心鄭！

武器！武器！武器！武器！武器！

我要用什麼武器！？

我腦海中出現了宮本武藏與佐佐木小次郎的戰鬥畫面……

「擦！」

一下清脆的聲音，把捏著雪露絲頸部的手臂，整隻斬下！

我手上拿著一把……

黑色的武士刀！

《就算不知生死，不能只顧自己。》

十三小隊。

本來，行動部最初就只有零至十二小隊，不過，後來出現了……第十三小隊。

十三小隊是用來收容一些在任務出現嚴重失誤，同時還有能力的隊員，而能夠成為被稱為「問題小隊」隊長的人，絕對不是簡單的人。

他曾經是第一小隊的隊長，不過，不知道是什麼原因，成為了十三小隊的隊長。

他就是金大水！

「哈！這究竟是什麼東西？」金大水蹲在地上，拿起一樣東西。

拿起一個已經被他破下頭顱！廚師怪物的人頭！

「已經分析過了，有人類的DNA，不是外星人。」艾爾莎說。

「是人類嗎？」金大水掉下了人頭：「為什麼會在我們的任務出現？根本就不可能發生。」

「隊長，我們的任務會繼續？」竹志青問。

「沒辦法了，長官要我們繼續進行。」金大水說：「不過任務級別已經提升為A級。」

「A級？！真的嗎？我們現在做A級的任務？」竹志青非常高興。

「先別說這些！我擔心時空他們！」艾爾莎說：「我們快點去找他！」

……

…

．

我根本就不知道如何正確使用武士刀，我只是不停在背心鄭的身上斬下去！

那些黑色蚯蚓還未再次長出來之前，我不斷斬！不斷斬！不斷斬！

我也不知道斬了多久，臉上滿是黑色的血水！

「時空……」

「呀！」我大叫。

雪露絲拍了我的肩膊我才知道要停下來。

「死……死了嗎？」我問。

「應該……死了。」她說。

我全身乏力，坐在地上，我看著那個躺在黑色血水中的人，心跳還在快速跳動。

「時空！」艾爾莎從走廊另一邊跑過來：「你沒事嗎？」

「啊？看來新仔你的命真硬，沒有死去。」竹志青說。

「是時空救了我。」雪露絲說。

其實我腦海中完全沒有聽到他們的說話，我一直在想著剛才斬殺的畫面……

「危機還未解除。」金大水說：「因為事出突然，這裡會由第一隊來接手，我們先洗去看到我們戰鬥的人記憶，然後去另一個時間點，繼續任務。」

此時，愛因斯坦房間的門打開。

「你們是……未來人？」他問。

愛因斯坦的表情，不知道是高興、興奮、驚嚇，還是緊張，百感交集的神情出現於他的臉上。

「沒錯，我們的確是從4023年來的人類。」艾爾莎拿出了金幣：「而且目標就是你。」

「時空旅行？你們是怎樣做到的？我很想知道！」愛因斯坦笑說：「是有關我的相對論嗎？」

「對，你的理論就是時空旅行的關鍵。」金大水說。

「我想知道更多！跟我分享吧！」

艾爾莎拿著金幣走向了他：「對不起，我們就只能說到這裡啊！」

「什麼……什麼意思？」他問。

「等等！」我搖搖頭，盡量保持清醒：「把金幣給我！」

我從艾爾莎手上拿過了金幣。

「時空，你……」愛因斯坦用一個渴求知識的眼神看著我。

「愛因斯坦先生，你問過我相信時空旅行嗎？」我微笑說：「我最初也是不相信的，就是因為世界上有你這樣偉大的人出現，才會有……未來。」

他用手摸著我的臉。

「你的相對論沒法得到諾貝爾獎嗎？才不是，如果人類可以像你一樣思想超前的話，一百個諾貝爾獎也不夠頒給你。」我笑說：「再見了，愛因斯坦先生。」

「時空……」

我彈了一下金幣。

他不會再有我們高談闊論的記憶。

這部份的記憶，就讓我一個人好好的保存下來吧。

下一個時間點，我們再見了，愛因斯坦。

《渴望答案的追求，是世界進步的源頭。》

＊1923年7月11日
愛因斯坦在瑞典哥德堡舉行的Nordic Assembly of Naturalists上發表諾貝爾獎演講。

CHAPTER0007 誰才是惡魔？ DEVIL? 10

時空管理局會議室。

羅得里克、亞伯拉罕、弗洛拉、吉羅德正在召開緊急會議。

「不可能的。」科技部亞伯拉罕說：「從『時空管理局』可知的過去中，從來也沒有任務時間線被入侵的事發生。」

「我覺得隱時空的出現，跟時間線被入侵有關。」行動部吉羅德說。

「已經分析過那些噁心的黑色蚯蚓。」生物部弗洛拉說：「不屬於任何一個時代的『死生物』，當中90%以上是人類的DNA。在已知的宇宙中，再沒有新的物種，這是五百年來首次發現這些噁心的黑色蚯蚓。」

「這是新的物種，卻是舊的生物？」司令羅得里克問。

「完全正確，我們研究過牠的細胞，生理機能與細胞周期等結構，都可以肯定是五百年前的生物。」弗洛拉興奮地說：「也許是『空白期』出現的死生物。」

全部人靜了下來，「空白期」對於他們來說還是未解之謎，現在由隱時空出現開始，「空白期」的歷史慢慢地一步一步打開，更加證明隱時空跟「空白期」有絕對的關係。

「我想終止隱時空執行任務。」亞伯拉罕說。

「我覺得讓他繼續任務，我們可以收集更多的數據。」吉羅德說。

「這樣可能會很危險。」亞伯拉罕說。

「行動部是我們人類最厲害的部隊，他們絕對有能力完成任務。」弗洛拉露出一個挑逗的微笑。

「繼續執行任務吧。」司令羅得里克說：「吉羅德，這個『神選之人』就交給你了。」

「明白，長官。」

一向遵守軍紀的吉羅德，不想就這樣取消任務。

他相信自己的隊員，同時，相信自己的女兒。

1939年8月。

匈牙利裔美國核物理學家*利奧・西拉德（Leó Szilárd）來找愛因斯坦。

愛因斯坦讀著一封信。

西拉德請愛因斯坦讀的這一封信，詳細解釋了德國和剛果的鈾礦貿易、核連鎖反應，以及製造出核武器的可能性。

信中內容提到，納粹德國準備向比利時殖民地剛果購買大量的鈾，可能搶先一步開始原子彈研究，他建議美國也盡快開始進行原子彈相關的研究。

「這是寫給美國總統羅斯福的版本，如果你覺得沒問題，請你簽名。」西拉德說：「以你的名譽與地位，美國那邊一定會相信我們的說話。」

愛因斯坦沒有立即簽名。

「給我一點時間。」他說。

「不能再等了！如果被德軍搶先研發成功，世界會變成地獄！」西拉德說。

「我的物理研究與理論，不是用來製造武器……」愛因斯坦表情痛苦：「如果研發成功，我不知道第三次世界大戰會用什麼武器，但第四次世界大戰的人類，一定是使用石頭和木棒。」

「為什麼？」

他深藏的意思，就是想說如果成功研發原子彈，未來人類的文明必定會滅亡，人類就只能用石頭、木棒等原始工具來成為武器。

愛因斯坦沒有回答他，只是看著玻璃窗外的籃天。

《是殺人還是救人？又是由誰來判斷？》

＊利奧·西拉德（Leó Szilárd），生於1898年2月11日，1964年5月30日逝世，享壽66歲。

Albert Einstein
Old Grove Rd.
Nassau Point
Peconic, Long Island

August 2nd, 1939

F.D. Roosevelt,
President of the United States,
White House
Washington, D.C.

Sir:

Some recent work by E.Fermi and L. Szilard, which has been communicated to me in manuscript, leads me to expect that the element uranium may be turned into a new and important source of energy in the immediate future. Certain aspects of the situation which has arisen seem to call for watchfulness and, if necessary, quick action on the part of the Administration. I believe therefore that it is my duty to bring to your attention the following facts and recommendations:

In the course of the last four months it has been made probable - through the work of Joliot in France as well as Fermi and Szilard in America - that it may become possible to set up a nuclear chain reaction in a large mass of uranium,by which vast amounts of power and large quantities of new radium-like elements would be generated. Now it appears almost certain that this could be achieved in the immediate future.

This new phenomenon would also lead to the construction of bombs, and it is conceivable - though much less certain - that extremely powerful bombs of a new type may thus be constructed. A single bomb of this type, carried by boat and exploded in a port, might very well destroy the whole port together with some of the surrounding territory. However, such bombs might very well prove to be too heavy for transportation by air.

-2-

The United States has only very poor ores of uranium in moderate quantities. There is some good ore in Canada and the former Czechoslovakia, while the most important source of uranium is Belgian Congo.

In view of this situation you may think it desirable to have some permanent contact maintained between the Administration and the group of physicists working on chain reactions in America. One possible way of achieving this might be for you to entrust with this task a person who has your confidence and who could perhaps serve in an inofficial capacity. His task might comprise the following:

a) to approach Government Departments, keep them informed of the further development, and put forward recommendations for Government action, giving particular attention to the problem of securing a supply of uranium ore for the United States;

b) to speed up the experimental work,which is at present being carried on within the limits of the budgets of University laboratories, by providing funds, if such funds be required, through his contacts with private persons who are willing to make contributions for this cause, and perhaps also by obtaining the co-operation of industrial laboratories which have the necessary equipment.

I understand that Germany has actually stopped the sale of uranium from the Czechoslovakian mines which she has taken over. That she should have taken such early action might perhaps be understood on the ground that the son of the German Under-Secretary of State, von Weizsäcker, is attached to the Kaiser-Wilhelm-Institut in Berlin where some of the American work on uranium is now being repeated.

Yours very truly,
A. Einstein
(Albert Einstein)

＊寫給美國總統羅斯福的「愛因斯坦-西拉德信」，愛因斯坦簽署。

CHAPTER00007 誰才是惡魔？ DEVIL?!!

愛因斯坦的大宅外。

本來任務的計劃，就是在1922年認識愛因斯坦，得到他的信任，然後在1939年再次跟他見面，勸服他簽下名字。

可惜，計劃有變，現在這個時期的愛因斯坦完全不認識我，我根本沒可能勸服他。

「還有什麼方法？」

我們一直也討論著新的計劃，然後，我提出了一個最好的方法。

「你是瘋的嗎？怎可以？」竹志青說：「不可能！」

「這是最好的方法。」我說：「只有這樣做，才可以拯救更多的人！」

金大水托著腮在考慮。

「不可能的，如果向吉羅德長官匯報，他一定不允許。」雪露絲說。

「但如果不匯報呢？」我說。

他們四人一起看著我。

「媽的，老闆就一定是對的嗎？員工一定是錯？」我說：「他一定是對的嗎？為什麼不是由執行任務的我們去決定？」

「我支持時空！」艾爾莎說：「我父親……不！長官不一定是對的！」

「『時空管理局』的宗旨，不是改變世界，然後讓世界不改變嗎？」我強調。

「現在是二對二嗎？」金大水笑說：「真沒你們辦法，就用時空的計劃吧。」

「但……」

「這次『特殊任務』只有竹志青、隱時空，還有我參與。」金大水看著另外兩個女生。

「為什麼？我也想參與！」艾爾莎不服氣。

「不，隊長說得對。」我雙手搭在她的肩膀：「如果妳去，一定會被……溶了。」

「什麼意思？」

「嘿，因為那裡不會有女生。」我說：「瘦骨竹，現在你可以做危險的任務，變成支持我了嗎？」

「沒意見。」他簡單說。

「好，就這樣吧！」金大水用拳頭打在手掌上。

他可以隱瞞計劃？當然可以，因為他跟亞伯拉罕是一夥的。

我的計劃是什麼？

也許，是最瘋狂的想法！

……

…

‧

1939年，1月。

德國首都柏林的軍事地堡。

我從來沒來過這些軍事地點，要進入核心地帶，要經過重重的關卡，軍人的臉上沒有任何的表情，氣氛死氣沉沉同時又生氣勃勃，每個人都像會燃燒自己，準備好為國捐軀一樣。

感覺……好可怕。

「進去。」一個軍人把我推入另一條通道。

老實說，就算有GPS，也未必可以準確地走完整個地堡。

「我已經跟軍官那邊打好交道。」金大水在我腦海中說：「你們的進度如何？」

我們三人分頭行事。

「我已經來到剛果的鈾礦貿易公司。」竹志青說：「那班人只是為了錢，有錢什麼都可以買。」

「我還未到，要經過重重關卡，媽的。」我說：「就好像迷宮一樣。」

「進去。」另一條走廊打開了鐵門。

五分鐘後，我終於來到了目的地，軍人再次搜身。

「已經搜了三次，還要搜嗎？哈哈！」我笑說。

軍人用一個凶狠的眼神看著我，很明顯給了我答案。

然後，軍人打開了大門，行了一個納粹禮。

「來了嗎？隱時空博士。」他說。

「你……你好。」

我看著他，我的口也在震。

從電影、電視劇集中，總有看過扮演他的演員，現在他的「真人」就在我的眼前！他嘴上的小鬍子非常整齊，明顯是悉心修理過。

我眼前這個人，就是虐殺了六百萬猶太人的男人……

阿道夫·希特拉（Adolf Hitler）。

《有些人任何時刻，都總是深不可測。》

我汗水流下，那一份無形的壓逼感直捲我的心臟，我的心跳加速。

希特拉散發出來的氣場，不是什麼惡魔，他是人類……比惡魔更可怕的人類！

「一分鐘。」他說：「如果沒什麼讓我感到興趣的，離開。」

呼……

我已經讀過他的歷史，記載都說他是一個狂人，對付這些人的方法我反而很有經驗。

我應該要禮貌地游說他……？

我要表達自己的對納粹黨的忠心……？

我要用誠意得到他的信任……？

「如果你不聽我的勸告，你將會在六年後死去。」我說。

我說完這句話後，不到一秒，在他身邊的軍官已經把手放在手槍的位置，準備拔槍！

希特拉做了一個停止的手勢。

執行任務的死亡率達36%，我就用我的方法，去賭餘下64%的勝算！

「你是……從日本來的物理學家？」希特拉的眼神銳利。

「沒錯。」我說：「我已經跟弗里茨・施特拉斯曼和奧托・哈恩見過面，我向他們提供了研究核裂變的重要數據，不久的將來，很快就可以利用……核能。」

他們兩個都是德國的物理學與化學家，能夠來見希特拉都是因為他們的推薦。

「還有……三十秒。」希特拉說：「為什麼我會死？」

「因為如果被敵對國先研究出原子彈，六年後再不會有納粹黨。」我認真地說。

「為什麼找我們？而不是去找日本天皇？」

「日本只會製造杯麵，不……」我差點說了一些還未出現的東西：「因為只有像元首這麼偉大的人，才可以……征服世界！」

我把手上的研究報告交給他，他揭了幾頁。

報告是製造原子彈的內容。

沒錯，讓納粹對研究原子彈有突破的人……就是我！

「德意志民族是世界最優越的人種！」我瞪大雙眼說：「大日耳曼國將會統治世界！」

「你真的這樣想？」希特拉露出一個奸笑：「你真的有能力讓我們統治世界？」

「已經過了一分鐘。」我也奸笑。

這就是我的回答。

「哈哈哈哈！！！」他高興地大笑。

「是不是有能力，就由元首你來決定吧。」我笑說。

希特拉繼續瘋狂大笑！我知道……他喜歡像我這樣的人！

這樣一個權傾天下的男人，真的會接見我這個普通科學家？錯了。

表面上，是我來找他，但實際是他想見我，他一早已經跟兩個德國物理學家了解我的底細，他要看看我是一個怎樣的人。

我不是說過嗎？我最清楚像他這樣的狂人！

我做了一個納粹手勢：「請讓我協助你們，征服歐洲！不，是整個世界！」

不知道，如果我說我是中國人，歷史上的軸心國會不會不是德國加意大利和日本，而是……中國？

我把製造原子彈的文件交給了希特拉，我是不是瘋了？

我不是要讓同盟國率先製造原子彈嗎？

一切都是我的「計劃」。

同時，也是希特拉的計劃。

「我還有一個想法。」我露出一個像惡魔一樣的笑容。

「說。」

「要統治全世界，先要攻佔歐洲其他地區，納粹黨第一站應該要……入侵波蘭！」

希特拉沒有回答我，他看著我……笑了。

這也是他要征服世界的其中一個想法，我當然知道，現在我只不過是投其所好！

將會在1939年9月1日。

德軍正式入侵波蘭，正式向各國宣戰。

第二次世界大戰正式爆發。

我看著納粹黨符號「卐」的旗幟……

在心中說了一句……

將會死去的人類，對不起！所有事……都是由我間接而起！

《要打敗壞人，先要做更壞的人。》

CHAPTER00007 - 誰才是惡魔？ | DEVIL? | 13

1939年，1月。

他把我帶來了一座高建築物的頂樓，他是……**阿道夫．希特拉**。

「猶太人、吉普賽人、波蘭人，還有……不服從我的人。」希特拉指著遠方：「波蘭奧斯威辛，我們將會建造一個世界最大的集中營，然後進行一場……大屠殺。」

在他的臉上，我完全看不出半分憐憫。

不只在奧斯威辛，納粹還興建了更多的滅絕營（Vernichtungslager）。

這些滅絕營的用途，就是為了用作種族滅絕。

「有一部份垃圾，將會因為飢餓、疾病、疲勞過度而死。」他在奸笑：「有更多的會被虐殺！毒氣室、行刑室、人體實驗室，我會用不同的方法，把這班垃圾殺死！不論男女、不論老少通通都要死，尤其是猶太豬！」

「元首，為……為什麼這麼討厭猶太人？」我壓制著自己心中的恐慌。

他把頭靠向我，我緊張得汗流浹背。

「他們只是寄生蟲！一戰後我們德國需要大量資金重建國家，那群豬不但沒有幫忙，只為了自己的利益，還要從銀行提走錢！這不是已經很應該死嗎？不，如果可以，要死一千次！一萬次！」他的臉容扭曲。

希特拉根本就不當猶太人是「人」，豬也不如。

一個人有多變態才會做到這程度？

「還有一點非常重要。」希特拉滿足地微笑：「我要如何團結德國人？」

我明白他的意思，他是利用憎恨猶太人的方法，團結德國人！

要團結一個國家的人，沒有比擁有共同敵人更好吧？

從他的笑容中可以看出他的自信與自大。

希特拉本來只是一個畫家，他一步一步慢慢爬上了權力的最頂峰。

「歷史的記錄中，奧斯威辛集中營分為一、二、三號營，囚犯約有一百三十萬，一百一十萬人在集中營中死亡。」基多圖在我腦海中說：「集體被殺後，屍體會被火化或埋在萬人塚之中。」

即是說，九成以上，來到奧斯威辛集中營的人，都會死亡。

「我現在就想殺了這個希特拉！」艾爾莎生氣。

「現在不是殺他的時候。」我說。

「你在說什麼？」希特拉問。

「沒……沒有！」我緊張地說：「我只是說殺了那些猶太垃圾！現在殺不了，明天也要殺！」

「不用明天，現在就來。」

「什麼？」

希特拉指示軍官，然後，兩個軍人把三個人拉出來！

一個女人、一個看似只有八歲的男孩，還有一個只有四歲的女孩！他們都是猶太人！

「不……不要殺我！不要！求求你放過我的孩子！放過他們！」女人痛苦地哭著。

「砰！」

完全沒有任何多餘的動作，希特拉一槍打入女人的眉心，女人當場暴斃！

兩個小孩，只有呆了一樣看著母親當場慘死！

軍人把女人的屍體抬起，然後從頂樓掉下去，動作非常熟練。

然後我看著建築物下方，一大堆的屍體像山一樣堆放著。

「到你。」希特拉把手槍交給我。

同一時間，兩個軍人的槍口已經對準我，如果我用槍對付希特拉，我會先慘死當場！

如果我不殺小孩，同樣也不會得到希特拉的信任，可能比死更慘！

「殺了他。」希特拉用一個憤怒的眼神看著那對兄妹。

我慢慢把槍指向他……

指向一個三十秒前看著自己媽媽慘死的小孩！

「我……我這些科學家……不是太懂……用槍……哈哈……」

「殺了他。」他重複說。

「時空！不要！」艾爾莎說：「現在你可以瞬間移動逃走！」

「如果我現在走，計劃就會變成炮灰！他不會相信我！」我在腦海中大叫：「而且我走了，那對兄妹可能會死得更慘！」

「我不會說第三次。」

這個仆街的希特拉，在測試我的忠誠！

我再次看著那對無助的兄妹，男孩流下眼淚不斷搖頭。

女孩只能目無表情地看著我。

我們的一生中，做過多少壞事？

做過多少次後悔的事？

讓我後悔得要死的事多不勝數，不過……不過……

這次一定是最後悔的一次！

對不起，我只能犧牲你們！

「砰！」

《親眼看著親人死去，銘記一世。》

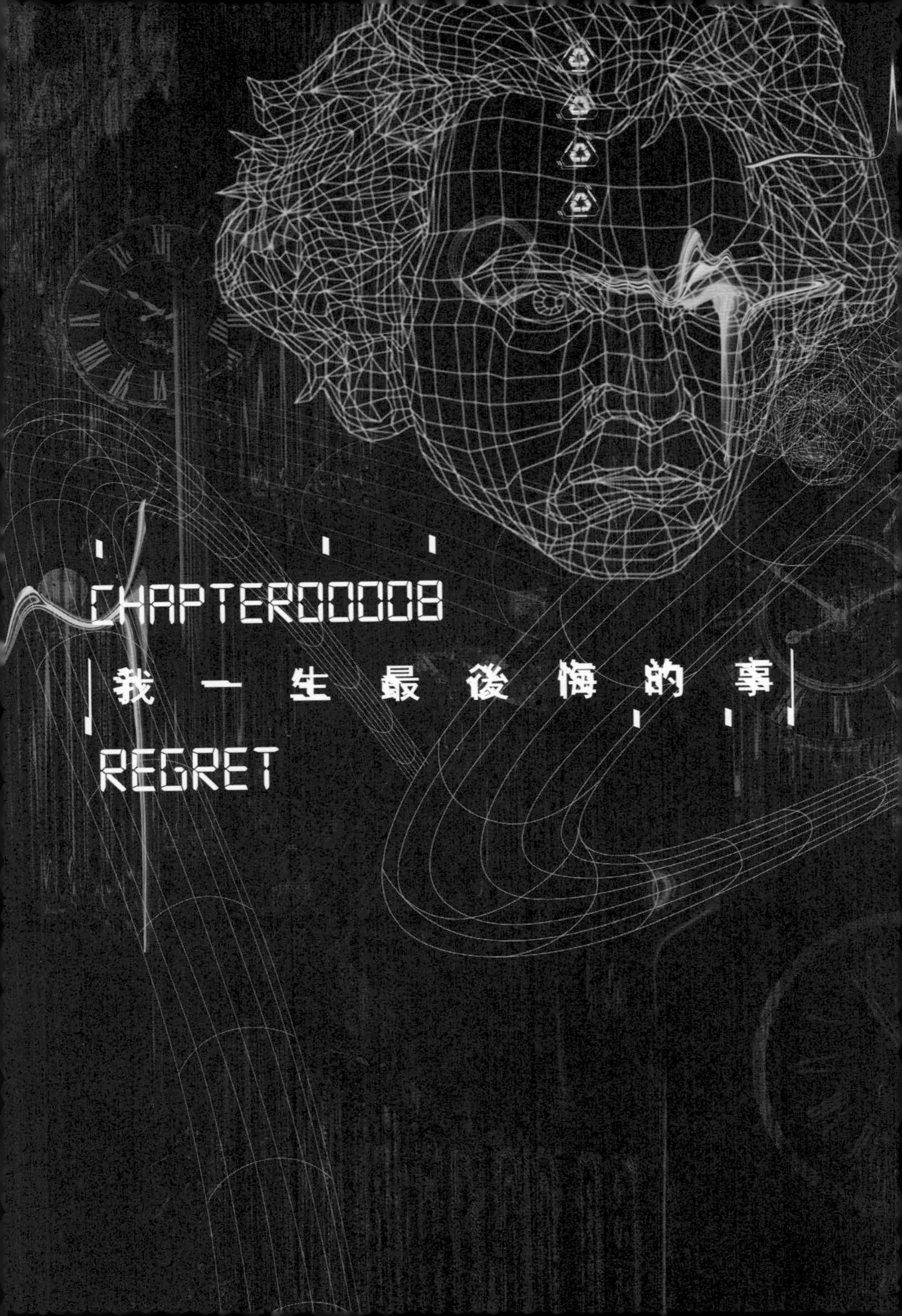

CHAPTER00008

我一生最後悔的事

REGRET

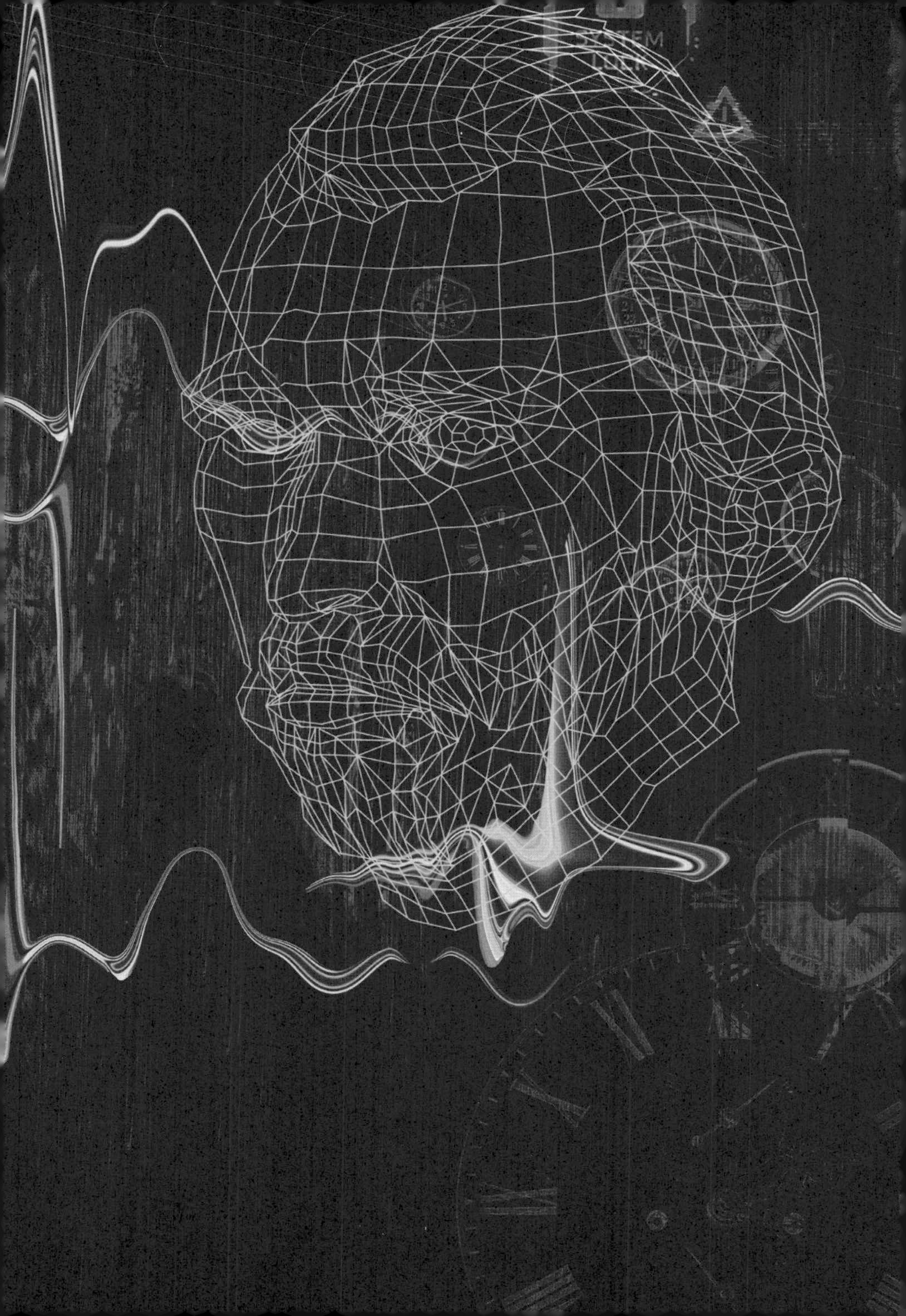
SYSTEM

CHAPTER00008 - 我一生最後悔的事 REGRET 01

1939年8月。

歐拔·愛因斯坦正猶豫著要不要在給美國總統羅斯福的信上簽名。

愛因斯坦是一個和平主義者，如果他在信中簽名，他知道世界將會改變，世界上最可怕的、會毀滅人類的武器，將會由他建議而製造。

「第四次世界大戰的武器，一定是石頭和木棒。」

這是他的預言，同時代表他知道原子彈製造成功的後果。

「不行，還是不能簽。」愛因斯坦放下了筆：「明天跟西拉德說，我不能這樣毀滅人類的文明。」

他還是不想成為毀滅人類的惡魔。

此時，愛因斯坦家的門鈴響起，他走到門前打開大門。

「你好！」

一個日本男生跟他打招呼。

「你是誰？」

「愛因斯坦你好，我叫……隱時空！」

……

……

．

離開了德國柏林的時空，我來到了七個月後愛因斯坦的時空。

第二次世界大戰，將會在一個月後爆發。

「我不認識你。」愛因斯坦說。

「你不認識我不要緊，你認識我們的元首就可以了。」我做了一個納粹手勢：「我國最偉大的元首希、特、拉！」

他瞪大雙眼看著我。

「你這頭猶太裔的豬，怕了嗎？」我揶揄他。

「你說什麼？！」他帶點生氣。

「我是日裔的物理學家，我是來告訴你，很快我偉大的元首將研發出毀滅敵軍的武器！」我態度囂張。

愛因斯坦用一個懷疑的眼神看著我：「你來做什麼？」

「我是來感謝你的，不是你的『質能互換』$E=mc^2$理論，我們就不可能研發出核分裂和核連鎖反應的……原子彈！」我奸笑：「到時，像你一樣的猶太人，全都會死在你的狹義相對論之下！」

其實，愛因斯坦根本就沒有直接參與製造原子彈的計劃，不過，他的理論的確是讓後人製造出核子武器。

「你以為來我家門前說幾句話，我就會相信你？」愛因斯坦說。

「你知道人生最重要是什麼？」我突然問。

「你想說什麼？」

這個問題，他曾經問過我，當然，他已經不可能記得我，不過，我相信他的腦海中，早已經有答案。

「是認錯。」我說。

他呆了一樣看著我，因為，這也是他心中的答案。

「你認錯吧。」我繼續說：「都是你的錯，讓猶太人，甚至世界上的人類被殺！都是你的錯！」

愛因斯坦沒有回答我，他在搖頭。

我知道他很生氣，我明白他進退兩難，我非常清楚他內心的掙扎。

「從高空投下只需要四十五秒，就在四十三秒引爆，轟隆……」我扮著炸彈的聲音：「爆炸後的三秒，中心點的溫度達到了攝氏三十萬度，四千米範圍內再沒有生物可以生存！爆炸釋放出強烈的輻射光，輻射光會迅速使人致盲，皮膚會因為被照射而大面積灼傷潰爛，甚至是燃燒！核爆會製造出電磁脈衝，電場強度可達到十萬伏！」

愛因斯坦的腦海中已經想到了核彈投下的畫面。

「這樣就完結了？錯了，蘑菇雲落下的放射性灰塵會與雲中的水汽混合，形成黑雨，大量的放射性粉塵飄落到地面！被投下原子彈的地方……只會剩下死亡！」

「不可能這麼快就研發出來的……」

「你真的蠢得像豬。」我跟世界上最聰明的男人說：「蘑菇雲出現後，然後就是全世界的大屠殺！世界上不會再有猶太人，猶太人將會被滅族，其他的人類，只會生活在地獄一樣的世界！」

我扭曲著臉容，像惡魔一樣的表情：「你最重視的人、你的妻子、你的兒子，通通都會死在我們偉大的元首*希特拉手上！」

《為什麼你總是滿身傷痕？只要你擁有你重視的人。》

*阿道夫・希特拉（Adolf Hitler），生於1889年4月20日，1945年4月30日逝世，享年56歲。

CHAPTER00008 - 我一生最後悔的事 | REGRET | 02

「瘋子！」

愛因斯坦已經不想跟我糾纏，他用力地關上大門！

為什麼我要在七個月前把製造原子彈的方法告訴德軍？

因為我就是要其他人知道，德國正在著手製造這種毀滅性的武器；我要讓所有人知道，如果原子彈落在希特拉手上，世界會變成怎樣。

所有人之中，包括了……愛因斯坦。

只有西拉德是不可能勸服愛因斯坦簽名的，沒有愛因斯坦的簽名，羅斯福總統就不會投入原子彈研究。

我處心積慮，就是覬覦愛因斯坦的簽名！

沒錯，我最會做……**壞人的角色**。

……

…

．

晚上，愛因斯坦一個人坐在書桌前。

書桌上，放著那封給羅斯福總統的信。

愛因斯坦想起了今天那個日本人所說的話，然後……

他在信上簽上了自己的署名。

……

：

．

1942年。

「曼哈頓計劃」（Manhattan Project）正式啟動，由美國主導，英國和加拿大協助進行，最後，研發出人類的……

首枚核武器。

……

：

．

1945年8月6日。

日本廣島市的上空。

美國空軍B-29超級堡壘轟炸機「艾諾拉・蓋」，把原子彈「小男孩」(Little Boy)從一萬公尺的高空投下，它將會在四十五秒之後，把整個廣島市變成人間地獄。

三十五秒……

那個賣菜的女人，抹去額頭上的汗水，她很滿意今天早上的生意，付出的辛勞沒有白費。

二十五秒……

一對老人家，婆婆依靠在公公的身旁，他們在認識的河邊，懷緬著年輕的過去。

十五秒……

小女孩擁抱著準備上班工作的父親，依依不捨得快要哭出來，父親也深深地抱緊著女兒。

五秒……四秒……三秒……兩秒……

引爆裝置啟動……

人間地獄正式開始。

……

…

．

同日，愛因斯坦的家中。

收音機廣播著：「史上第一顆原子彈落在日本廣島……」

他瞪大雙眼，坐在椅子上：「怎……怎會的？！」

1945年5月7日，就是投下原子彈的數個月前，德國已經宣布投降。年初，愛因斯坦知道盟軍軍隊已經推進到德國境內，蘇聯也控制了波蘭，德國已經返魂乏術。

他再次去信美國總統羅斯福，希望他可以停止核武研究的計劃，當時羅斯福回信也答應愛因斯坦的請求。

為什麼卻會在數個月後，將原子彈投到日本廣島？

自從寫第一封信給羅斯福開始，原子彈摧毀世界、滿目瘡痍的畫面，在愛因斯坦的腦海中不斷出現，成為他一生中最後悔的事。

他的眼淚流下。

「不可能的……怎可能……不是已經停止研發了嗎？」愛因斯坦不斷搖頭：「你答應過我的！羅斯福！」

他看著天空大叫。

他向著已經去了天國的羅斯福，瘋狂大叫。

答應了愛因斯坦不使用核彈的羅斯福總統，在1945年4月12日，在核彈投下的幾個月前，因為大量腦出血去世。

這是巧合嗎？

不，世界才沒有這麼多「巧合」。

一切都是……「時空管理局」的計劃。

《只能回望前塵，最終後悔一生。》

*1945年9月
廣島原爆後。圖中建築物曾是政府辦公室與展覽中心。

CHAPTER00008 - 我一生最後悔的事 REGRET 03

1945年4月12日。

佐治亞州南部暖泉鎮。

*羅斯福在他的「小白宮」中養病，這天，他看起來很精神。

「護士小姐，怎麼今天是妳來照顧我？」羅斯福看著她的名牌：「妳是新來的？」

「對！嘻！照顧總統是我人生中最大的心願！」她說。

「總統也不過是一個普通人，還是會生病，還是會……」

「死。」護士微笑說。

羅斯福看著她，有點突然：「對，哈哈！」

「我現在替你打針。」護士細心地用棉花刷著他的手臂：「你小時候怕打針嗎？」

「我從來也不恐懼打針。」羅斯福說：**「我們唯一要恐懼的就是恐懼本身。」**

「這句說話，將會成為後世的金句。」護士說：「對不起，羅斯福總統。」

「對不起？」

「不會太痛苦，這是2456年用於囚犯的藥。」護士在他的手臂打下針：「你將會因為大量腦出血而死，不用恐懼，藥力很快，是痛苦最小的死亡方法。」

「妳……」羅斯福瞪大雙眼看著這位年輕的護士。

他看著她胸前的名牌……這是他生前最後的畫面。

名牌上寫著……Alisa。

艾爾莎。

……

…

・

美國白宮總統行政辦公室。

羅斯福死去後，副總統*哈里・S・杜魯門（Harry S. Truman）接任，成為第三十三任美國總統。

在他的工作枱前，擺放著第一次世界大戰勝利獎章與兩枚武裝部隊預備役獎章。

「你要在三天內，投下兩顆原子彈。」一個不速之客說：「分別是8月6日與8月9日，在廣島與長崎。」

「你究竟是誰？」杜魯門問。

一個普通人不可能在沒有被發現之下進入他的辦公室，杜魯門知道他絕對不是普通人。

他就是……竹志青。

「不是說過嗎？我是……未來人。」

他們已經計劃好，在任務完成後，清洗他們見面的記憶。直接告訴他真相，是最快讓杜魯門妥協的方法。

「投下第一個原子彈『小男孩』後，日本還是不會投降。」竹志青說：「你要把第二顆原子彈『胖子』（Fat Man）投入長崎，他們才會無條件投降。戰後，東條英機會自殺，不過他大命，自殺未遂，最後會以甲級戰犯判處絞首死刑。」

竹志青說出了所有機密內容，杜魯門沒法不能相信。

「如果你不這樣做，美國軍隊至少會有二十萬，甚至更多的傷亡。未來你會被人質疑你的做法，不過……」竹志青指著他桌上的一塊木牌：「The buck stops here，責無旁貸。」

「如果我不跟從你的做法？」杜魯門認真地問。

「不會的，因為……」竹志青自信地說：「這就是未來。」

在任務的時間線是可以改變未來的，不過，竹志青要這樣說才可以說服杜魯門總統。

多談一會後，竹志青在杜魯門的面前「表演」消失。

這也是他們的計劃之一，讓杜魯門更加相信他就是「未來人」。

他們……成功了。

最後，杜魯門在這兩個日子，投下了原子彈……

結束了二次世界大戰。

《有太多的巧合天意，都只不過是人所為。》

＊富蘭克林．德拉諾．羅斯福（Franklin Delano Roosevelt），生於1882年1月30日，1945年4月12日逝世，享壽63歲。

＊哈里．S．杜魯門（Harry S. Truman），生於1884年5月8日，1972年12月26日逝世，享壽88歲。

CHAPTER00008-我一生最後悔的事|REGRET|04

1955年4月，美國新澤西普林斯頓。

二戰已經結束十年。

我看著戲院外《君子好逑》（Marty）的電影宣傳海報，黑白的電影卻用鮮黃色的海報，有一份強烈的對比。

報章的封面，是世界上第一家迪士尼樂園的宣傳，將於7月份在加州開幕。

街上行人的臉上都掛著微笑，好像已經忘記了戰爭的慘痛經歷。這也正常，每天都有不同的事情發生，而且人總是要向前看，沒有人想永遠留在痛苦的過去。

除了他。

「好了，最後一次見面了。」我在門前自言自語，給自己打氣。

其實任務已經完成，不過，我還有一件事要做，如果不去見他，也許，我也會後悔一世。

我按下門鈴，一個工人打開了大門。

「我是來找愛因斯坦先生的。」我微笑。

「你是……」

「妳跟他說，一個十多年前跟他見過面的日本人來找他。」我說。

工人關上了大門，不到一分鐘，她再次打開門。

「愛因斯坦先生說請你進來。」

「謝謝。」

我知道，他不會忘記我。

我跟著工人來到了他的房間，房門打開，我見到一個蒼老的男人坐在床上，在他的面前還放滿了不同文件，文件上都寫滿了數學公式。

他的身體很虛弱，看似下一秒就會倒下來，卻依然研究著他的科學與理論。

愛因斯坦慢慢抬起頭看著我微笑：「是我眼花嗎？怎麼你……沒有老過？嘿。」

「不，我老多了。」我也微笑說。

我坐到他的身邊。

「你來的原因？」他問。

「對不起。」我說。

這是我最想跟他說的一句說話，當時，我為了令他簽下署名，讓他成為了別人的話柄，一個反戰份子，卻間接製造了原子彈。

「還是我向你說對不起？」愛因斯坦苦笑：「廣島、長崎死了二十多萬無辜的日本平民。」

我知道，他一直也很後悔與內疚。

「不過，我應該要多謝你。」他看著我：「當時，你是有心來找我的，你根本就不是希特拉那邊的人，你是來提醒我。」

「你是何時知道的？」

「簽名的那一刻。」愛因斯坦說。

「被發現了，嘿。」我無奈地說。

「可惜，最後也因為人類的本性，殺死了很多人。」愛因斯坦說：「未來的世界也許我不能看到了，不過，我已經知道會變成怎樣，每個國家都會用自衛的藉口，製造核武。」

「你說得沒錯。」我說。

「咳咳……我將會成為世人所說的惡魔。」

「不，未來你還有很多成就會被人歌頌，而且你根本就沒有參與曼哈頓計劃……」

「你又怎知道未來的事？」我還未說完，他問。

我猶豫了一會。

「你剛才問我，為什麼我好像沒有變老。」我微笑說：「相對論，時間膨脹效應。」

他瞪大眼睛看著我。

我沒有直接說我是未來人，而是說出了他的理論。

「$E=mc^2$，光的速度是絕對的。」我說。

沒有他的理論，人類根本就不可能進行時空旅行。

「看來，我們都有很多的秘密呢。」他高興地說。

「對，太多秘密了。」

我覺得他已經知道我的「身份」，不過，只是他沒有說穿。

《看穿不說穿，智慧的泉源。》

CHAPTER00008 - 我一生最後悔的事 REGRET 05

我們聊著天，他一直在咳嗽。

我把一杯清水遞給他。

「我一生做過其中一件最後悔的事，就是讓原子彈被製造出來。」愛因斯坦看著窗外的陽光：「在這十多年來，沒有一秒不在後悔，不過，讓我更後悔的，是我的兒子……」

一直以來，他也不是一個好的丈夫與父親。沒想到，他最後悔的事，就是成為了一個不稱職的父親。

「我覺得這一種後悔就是上天對我的懲罰，我會帶著這種悔意，離開這個世界。」他說：「已經活得夠久了，我的醫生想我動手術治療，不過我堅決拒絕了，我已經跟醫生說好，當我將要離去時，不需要為我做什麼治療，這樣延長生命是毫無意義的……」

我的心頭一酸，泛起了淚光。

「我已經完成了我該做的，是時候要離開了，我只想優雅地離去。」愛因斯坦用手摸著我的臉：

「你應該比我更清楚吧。」

你的手掌滿是皺紋，卻非常溫暖。

一個人要怎樣生活，才可以無憾？

愛因斯坦的一生，已經無憾了。

帶著後悔，卻無憾的離開，也許最明白這一種感覺的人，會是他，愛因斯坦。

「並不是我很聰明，而只是我和問題相處得比較久一點。」

這是愛因斯坦的名言，我相信，「問題」也很喜歡這個偉大的天才，因他用上一生的時間，去搜尋「答案」。

「我也有個秘密跟你說。」愛因斯坦勉強地坐了起來。

我把他扶起，然後，他在我耳邊說了一句說話。

「什……什麼？！！！」

我嚇得大叫起來。

「看來『我的秘密』不比『你的秘密』少呢。」

他高興地大笑著，而我只能搖頭苦笑。

不可能的，也許他只是說笑吧。

嘿，不過怎樣也好，能夠遇上世界上最偉大與聰明的人，這段時間，是我一生中最特別的日子。

是我一生中……最光榮的時刻。

……

……

…

1955年4月18日，*愛因斯坦因腹主動脈瘤破裂，撒手人寰，享年七十六歲。

遺體依照愛因斯坦的遺囑進行火化，來參與簡單儀式的親友只有十二人，包括他的……兒子。

不，應該是十三人，還有我這個日本人。

就像當時梵高的葬禮一樣，我換上了黑衣，遠遠送別愛因斯坦最後一程。

遺體火化後，愛因斯坦的骨灰，撒在附近的特拉華河裡。

愛因斯坦將會永遠長眠於此。

「最後你跟我說的話，我被你嚇到了。是你贏了，愛因斯坦。」我笑說：「不過，我才不相信你呢。」

此時，艾爾莎出現在我的身邊。

「好了，我們要回去了！」艾爾莎說。

「每次離別總有些不捨。」我笑說。

「你會習慣的。」

然後，我跟她說出愛因斯坦最後跟我說的話。

「那個老頭真的是，這樣無稽的說話都可以說出來。」我說。

「你不知道嗎？」艾爾莎說。

「什麼不知道？」

「他沒有說謊啊！不然怎可能有這麼聰明的人？」

「什麼意思？」我退後了一步：「他所說的……是真的？！」

「沒錯，當然是真的！」艾爾莎想了一想：「啊！我明白了，你這麼大反應，是因為你根本不知道這是很正常的事！」

「什麼正常？怎會是正常？！」我反駁。

愛因斯坦最後跟我說的話……

……

……

……

「其實……我是外星人。」

《有太多你不敢相信的事，都只因你沒有想像。》

＊歐拔・愛因斯坦（Albert Einstein），生於1879年3月14日，1955年4月18日逝世，享壽76歲。

CHAPTER00008 - 我一生最後悔的事 REGRET 06

4023年，十三小隊會議室。

「你們為什麼不早跟我說？！」我問。

「你真的是什麼也不知道。」竹志青說：「跟你做隊友真麻煩。」

「地球上有很多外星人生活，很正常啊！」雪露絲說。

「什麼叫很正常？」我反問。

「所以愛因斯坦死後，他的大腦被切除下來進行研究。」金大水說：「當然，這份研究報告不會在當時公開。」

「我介紹過你看*《外星生物》這本小說。」變成了水樽的基多圖說：「有詳細說明外星人生活在地球的情況。」

「我哪有時間看小說？！」

一直以來，地球成為了其他星球用來「驅逐」自己人民的「好地方」。因為地球有人類的存在，而人類在外星人眼中是全宇宙其中一種最可怕的物種，殺戮最多其他生物的「物種」。

簡單來說，地球成為了「星球監獄」，困著不同的外星生物囚犯。

「為什麼我沒發現外星人存在？」我問。

「普通人類是沒法看到外星人的『原體』。」艾爾莎說：「要像小說的主角*唐義星一樣，擁有粉紅色瞳孔才可以看到。」

「粉紅色瞳孔……」

外星人跟人類一起生活，他們很可怕嗎？錯了，沒有比人類更可怕，大多的外星人都是做著最低下層的工作，除了一些像愛因斯坦的外星人，他們改變了人類的世界。

「還有誰是外星人？」

「非常多，不過以你認識的人……」基多圖在找尋資料：「Apple創辦人史提夫・喬布斯（Steve Jobs）、Tesla CEO伊隆・馬斯克（Elon Musk）、比特幣創造者中本聰（Satoshi Nakamoto）、儒家創始人孔子，還有很多很多，他們都是從其他星球來地球的。」

「黐線，嘿嘿嘿，太黐線了。」我傻笑。

「土佬就是土佬，什麼也不知道。」竹志青諷刺我。

他們當然覺得沒有問題，因為一早已經知道這些人的身份，但對於我來說，簡直是意想不到！非常震撼！

如果我回到我的時代跟朋友說，這些偉人都是外星人，我想，全部人都當我是瘋子。

我看著玻璃窗外已經變成廢鐵的地球，想起了愛因斯坦最後的說話。

我是未來人，而他是外星人，嘿。

愛因斯坦，你沒有死去，只是像貓一樣……回到自己的星球而已。

你最後悔的事是那個簽名？

還是因為自己沒有成為一位稱職的父親？

而我做過「最後悔」的事，我已經決定了用我的方法去解決，我不會讓自己一世後悔。

我最後悔的事是什麼？

此時，艾爾莎走到我身邊，一起看著廢鐵地球。

「我知道你在想什麼。」艾爾莎說：「你也只是執行任務，不是你的錯啊，那個死去的孩子……」

我看著自己的手掌。

「不，我不會讓自己在同一件事中……**後悔第二次**。」

《同一件事、同一個人，不能後悔第二次。》

時空管理局

第一部完　待續

＊《外星生物》、唐義星、粉紅色瞳孔等等內容，請欣賞孤泣另一作品《外星生物》。

SYSTEM
LOCK

時空管理局 01
TIMELINE RESTART

孤泣作品
BY LWORVIE RAY

編輯 / 校對 ： 首喬

設　　計 ： @rickyleungdesign

出　　版 ： 孤泣工作室有限公司
荃灣德士古道 212 號 ,W212,20/F,5 室

發　　行 ： 一代匯集
旺角塘尾道 64 號 , 龍駒企業大廈 ,10 樓 ,B&D 室

承　　印 ： 美雅印刷製本有限公司
觀塘榮業街 6 號 , 海濱工業大廈 ,4 字樓 ,A 室

出版日期 ： 初版一印 2023 年 7 月

國際書碼 ： 978-988-75831-2-7

孤出版　HKD $108

版權所有 不得翻印
Published and Printed in Hong Kong